지혜를 찾는 즐거운 75가지

지혜를 찾는 즐거움 75가지

키에르케고르 지음 / 황헌식 편역

사람과사람

이 책은 키에르케고르에 대한 연구, 특히 철학우화 연구의 세계적 권위자
인 토마스 오든의 텍스트에 크게 의존했고, 미진한 부분은 여러 텍스트에
서 역자가 직접 뽑아서 엮은 것이다.

토마스 오든(Thomas C. Oden)은 미국 드류대학교 교수로서, 윤리학과
신학을 강의하고 있다. 그는 윤리학과 심리학·종교학에 관한 많은 저서를
갖고 있으며, 특히 키에르케고르 연구에 있어서 세계적인 권위자이다.

지혜를 찾는 즐거움 75가지

초   판 제1쇄 발행 1993년 11월 30일
개정판 제1쇄 발행 1997년 4월 10일

지은이 • 키에르케고르
엮은이 • 황헌식
펴낸이 • 김성호
표지장정 • 표현디자인
인쇄 • 삼광인쇄사
제본 • 민중문화사

펴낸곳 • 도서출판 사람과 사람
주소 • 서울시 마포구 대흥동 801-4(2층)
전화 • (02) 702-1874~5
팩스 • (02) 702-1876
등록 • 1991년 5월 29일 제1-1224호
통신 • 천리안 P91529/하이텔 KIMPAP/나우누리 P11224

값 5,800원

ISBN 89-85541-15-3
ⓒ 황헌식, 1993, Printed in Korea

• 판권 본사소유/잘못된 책은 바꿔 드립니다.

옛날에 어느 현자는 이렇게 말했다.
사랑이란 「부자와 가난뱅이 사이에서 태어난 자식」이라고.
사실, 사랑을 해 보지 못한 사람보다
더 가난한 사람이 있을까?

읽는 이에게

　이 책은 철학우화에 관한 한 <세계 최고의 작가>로 평가되는 죄렌 키에르케고르의 대표적 우화 작품들만을 뽑아 모은 것이다.

　<실존철학의 아버지>라 불리우는 키에르케고르가 이처럼 철학우화에 탁월한 재능을 가졌다는 사실은 의외로 우리에게 널리 알려져 있지 않다. 그러나 그의 작품을 한두 편만 읽어본 사람이라면, 누구나 케에르케고르가 자신의 철학을 설명하는 데 있어 얼마나 우화형식을 즐겨 사용하고 있는가를 쉽게 이해할 수 있을 것이다.

　그래서 사람들은 그의 책을 읽고 난 다음, 설령 철학적 내용은 이해하지 못한다고 해도 그 안에 들어 있는 우화의 내용은 기억하고 있을 정도로 키에르케고르의 우화는 유명하다. 이런 의미에서, 누구든지 이 책을 읽으면 도더적 교훈과 읽는 즐거움, 그리고 비평적 안목을 함께 얻는 기쁨을 맛볼 수 있으리라 믿는다.

　이처럼 철학우화는 가장 효과적이고도 흥미롭게 철학적 진리를 전달할 수 있다는 점에서 독자들의 관심을 끈다.

8

철학우화의 묘미는, 작가가 독자들을 외길을 따라 이끌어 가다가 예기치 않은 교차점에 이르러, 갑자기 그들로 하여금 어떤 사건에 대해 스스로 결정을 내리도록 맡겨 놓는 데 있다.

이것은 어떤 진리나 깨달음을 작가가 직접 제시하는 것이 아니라, 읽는 이가 스스로 깨달음을 낳게 하는 산파술(産婆術)과도 같다. 이처럼 철학우화의 강점은 문학적 흥미와 철학적 깊이를 함께 제공한다는 점이다.

철학우화는 이제 우리나라 독자들에게도 매우 친근해진 장르이다. 그리고 우화란 이름으로 낸 번역서 혹은 번안서들이 많은 독자들의 흥미와 관심을 끌고 있다는 것도 반가운 일이 아닐 수 없다.

그러나 요즈음 국내에 마구잡이로 번역 소개되는, 어느 타락한 수도자의 명상류 책이나 저질 개그류의 책이 철학우화인 것처럼 잘못 이해되고 있는 것은 매우 우려할 만한 현상이다.

철학우화란 가벼운 농담이나 부담없는 웃음을 얻어내면 끝나는 저급한 코미디나 개그와는 본질적으로 다르다.

스토리는 있으나 메시지가 모호하고 왜곡된, 황당한 이야기가 광고의 물량공세를 통해 철학우화인 것처럼 소개되고 있는 것은 독자들을 위해서도 불행한 일이다.

이제 우리는 《지혜를 찾는 즐거움 75가지》란 제목의 이 책을 통해 세계 정상의 철학우화 작품과 만나는 기쁨을 얻을 수 있게 되었다. 그런 의미에서, 이 책은 국내 독자들이 철학우화가 어떤 것인가를 바르게 이해하는 데 크게 기여하리라 믿는다.

그러나 편역자의 더 큰 바램은, 독자들이 이 책에서 읽는 즐거움을 느끼고, 그 과정에서 스스로 삶에 대한 어떤 깨달음과 지혜의 열매를 얻는 일일 것이다.

1997년 4월

황헌식

차례

차례

차 례

차 례

차 례

이상(理想)이란 인간의 증오를 의미한다.
원래 인간이 무엇인가 사랑한다는 것은
인간이 유한(有限)하다는 의미이다.
이상과 마주하는 것은 가장 두려운 고문이다.
이상이 더없이 고상한 시적 정열로
매혹적인 환상처럼 나타날 때
인간은 거기서 기쁨을 얻는다.
그러나 이상이 윤리적 정의를 요구할 때
그것은 인간에게 가장 두려운 고문이 된다.

툭, 지구는 둥글다

☞ 맑은 정신으로 객관적인 진리를 말하는 데도
사람들은 왜 그를 정신 나간 환자로 취급하는가?

정신병원에 수용된 어느 환자가 도망치려고 했다. 그는
병실 창문을 뛰어 넘어 탈출함으로써 목적을 달성했다. 이
제 자유를 향하여 막 출발하려 하는데, 갑자기 이런 생각이
떠올랐다. 〈과연 내가 미쳤는가, 아니면 제 정신인가?〉

〈당신이 마을로 들어 서면, 사람들은 당신을 알아볼 것이
다. 그러면 당신은 곧 다시 이 곳으로 오게 될 것이다. 따라
서 당신은 마을 사람들에게 당신이 정신적으로 극히 정상
적이라는 것을 객관적 진리를 이용하여 확신시킬 준비가
필요하다.〉

그는 길을 따라 걸으면서 이 궁리 저 궁리를 거듭하다가
문득 땅에 떨어져 있는 공 하나를 발견했다. 주워서 코트
자락의 뒷주머니에 넣었다. 그러자 걸을 때마다 공이 그를
쳤다. 점잖게 말해서 그의 뒷부분을.
공이 칠 때마다 그는 말했다. 「툭, 지구는 둥글다.」
드디어 그가 마을에 도착했다. 곧 친구 한 사람을 찾아가
자신이 미치지 않았음을 보여주려 했다. 그는 친구 앞을 왔
다 갔다 하면서 되풀이하여 말했다.

「툭, 지구는 둥글다. 툭, 지구는 둥글다.」

아니, 지구가 둥근 것은 당연하지 않은가? 이 때문에 그는 다시 정신병원으로 보내졌다. 마치 모든 사람이 지구가 팬 케익처럼 평평하다고 믿고 있는 시대에 살고 있는 것처럼. 아니, 보편적으로 인정받고 받아들여지는 객관적 진리를 말함으로써 자기가 제정신임을 입증하려 한 행동이 미쳤다니요!

의사는 분명 환자가 아직 회복되지 않았다고 말할 것이다. 하지만 의사는 지구가 평평하다는 견해를 환자로 하여금 받아들이게 함으로써 환자를 치료하려는 것 같지는 않다.

사기꾼과 과부의 헌금

☞ 자비와 자선의 행동에서
긍휼(矜恤)의 의지는 본질적인 것인가?

헌금함에 동전 두 닢을 넣은 어느 과부 이야기를 해 보자. 여기서는 약간 변화를 주어 시적으로 표현해 보기로 한다.

동전 두 닢은 그녀에게는 매우 큰 돈이었다. 가난한 그녀로서는 매우 힘들게 벌었고 절약해서 모은 돈이었다. 그녀는 그 두 닢을 성전에 헌금으로 내고자, 정성스럽게 천에 싸서 숨겨두었다.

그러나 어떤 사기꾼이 그녀가 돈을 갖고 있다는 사실을 알아채고는 그녀를 밖으로 불러낸 다음, 그녀의 돈을 싼 천과 똑같은 천으로 바꿔치기 했다. 물론 그 천에는 아무것도 들어 있지 않았다.

천이 바뀐 사실을 과부는 알지 못했다.

다음 날, 그녀는 성전으로 가서 그것을 헌금함에 넣었다. 그녀가 마음먹고 있던 대로 동전 두 닢을 하늘에 바친 것이다. 그러나 사실 헌금함에는 아무 것도 들어가지 않았다. 그런데도 「이 과부는 세상의 모든 부자들보다 많이 넣었다」고 그리스도가 말씀하실까.

양심을 치료하는 의사

☞ 불안한 양심은 의술을 치유될 수 있는가?

우리 시대에는(이것은 사실 우리 시대의 크리스챤들에게
는 매우 중요하다) 의사가 영혼을 치료한다. 사람들은 성직
자를 방문하는 것을 내심 두려워하는 것 같다. 더욱이 성직
자는 요즘 의사들처럼 가능한 한 많이 이야기하려 든다. 그
래서 사람들은 성직자보다 의사를 찾아 가려 한다.

확실히 의사는 자신이 무엇을 해야 할 지를 알고 있다.

의사 : 물이 있는 곳으로 여행을 해 보세요. 그리고 승마
를 해 보세요. 그렇게 하면 당신 머리 속에 꽉 들어차 있는
생각을 떨쳐 버릴 수 있어요. 아니면 오락이나 유희를 즐기
세요. 특히 오락을 많이 하세요. 매일 저녁에 재미있는 카
드 놀이로 시간을 보내세요. 그리고 잠자리에 들기 전에는
음식을 너무 많이 먹지 말아요. 침실의 공기도 신선하게 해
놓구요. 그러면 많은 도움이 될 겁니다.

환자 : 〈불안한 양심〉도 괜찮아질까요?

의사 : 양심이 불안하다구요? 그런 것은 이제는 없습니
다. 양심의 불안은 오직 인류의 〈유아기적 잔재〉일 뿐입니
다. 교양 있고 깨인 사람이라면 성직자들조차 그런 말을 입
밖에 꺼내지 않을 것입니다. 양심의 불안은 기도 드릴 때나
예배 시간 같은 때에 문제가 될 뿐입니다.

〈양심의 불안〉은 밖에서는 전혀 문제가 되지 않습니다. 적어도 여기서는 〈불안한 양심〉에 대해 다시는 이야기하지 맙시다. 왜냐 하면, 그것이 집안을 온통 정신병원처럼 만들 수 있기 때문입니다.

만약 내가 하인 하나를 고용했다고 합시다. 그 하인은 여러 면으로 너무나 훌륭하여 놓치기가 아까운데, 그만 그를 잃어 버렸다고 한다면, 나는 매우 안달을 할 겁니다.

남자건 여자건 간에 〈불안한 양심〉의 경험을 만지작거리고 있는 사람을 보면, 나는 무조건 진료를 중단할 것이라고 예고합니다. 내 가정에서조차 그것은 용납되지 않습니다. 비록 그들이 자식이라고 해도, 〈불안한 양심〉의 경험을 만지작거리다면, 그들은 집을 나가 밖에서 혼자 살 집을 찾아야 할 겁니다.

환자 : 선생님, 〈불안한 양심〉은 존재하지 않는다고 말하시면서 선생님은 그것에 관해 엄청난 두려움을 갖고 계시는군요. 아마도 사람들은 그것을, 선생님이 〈양심의 번민〉을 없애버리고 싶어하는 데 대한 〈사무친 분풀이〉라고 생각할 겁니다. 맞아요. 선생님의 그 불안한 공포는 분풀이가 틀림없어요.

바느질하는 여인

☞ 교훈적인 이야기는 어떻게 새겨들어야 하는가?

　제단보(祭壇保)를 만드는 여인이 있었다.

　여인은 들에 핀 우아한 꽃들처럼 온갖 아름다운 꽃들을 수 놓았고, 밤 하늘에 반짝이는 별들처럼 온갖 별들을 반짝거리게 수 놓았다.

　그야말로 그 어떤 것도 아끼지 않으면서, 자신이 갖고 있는 귀한 모든 것을 다 써버렸다. 말하자면 제단보 만드는 일이야말로 자신의 유일하고도 소중한 일이라고 믿어, 그 누구로부터도 방해받지 않을 시간을 갖기 위해 자신의 삶에서 요구되는 다른 모든 것을 팔아 버린 셈이었다.

　마침내 제단보가 완성되어 성스러운 용도에 쓰여지게 되었다. 이때, 만약 누군가가 제단보가 갖는 의미 대신 그녀의 솜씨만을 보려고 하는 잘못을 저지른다면, 또는 그 제단보의 의미 대신 바느질 솜씨에서 결점을 찾아내려 한다면, 여인은 매우 낙심하게 된다.

　왜냐 하면 그녀는 제단보 자체에다가 성스러운 의미까지 만들어 넣을 수는 없었기 때문이다.

뒤로 걷는 사람

☞ 행동이 뒤따르지 않는 「선한 의지」를 무엇에 비유할까?

사람은 일반적으로 상대방에게 등을 돌린 채 걸어 가면, 그 자신이 상대방으로부터 사라져 가고 있다는 사실을 알기가 매우 쉽다. 그러나 상대방과 얼굴을 마주 대하면서, 곧 또다시 오겠다는 확신을 심어 주는 인사나 몸짓, 혹은 「나 여기 있어요」라고 연신 이야기하면서 뒷걸음질로 걸으면, 실제로는 사라져 가는 것이지만 사라지고 있다는 느낌을 선뜻 느낄 수 없다.

충분히 〈선(善)한 의지〉를 갖고 쉽게 약속하는 사람이 선으로부터 뒷걸음질 치면서 차츰 멀어져 가는 경우도 이와 같다. 이 경우, 〈의지와 약속〉을 실행하지 않고도 선을 향한 방향은 유지할 수 있다. 그러나 실제로는 선으로부터 사라지고 있는 것이다. 새롭게 세운 〈의지와 약속〉은 앞으로 전진하는 발걸음인 것처럼 보일 지 모르지만, 그것은 정지 상태일 뿐이다. 실제로는 후퇴하고 있는 것이다.

공허한 의지와 실천되지 않은 약속은 낙담과 실망만을 남겨준다. 그것은 불타는 의지에 열정적으로 항의하다가 곧바로 타버리게 되고, 결국 정체만을 남긴다. 술에 찌든 사람이 더 취하기 위해 강한 자극을 원하는 것처럼 후퇴하기 위해 〈의지와 약속〉을 보다 갈망하게 되는 것이다.

목마 탄 죄인

☞ 내면의 고통이 다른 사람에게
완전히 잘못 이해되고 있는 것을 어떻게 견뎌야 하는가?

옛날에 군대에서는 잘못한 사람에게 매우 혹독한 형벌이 가해졌다. 바로 목마를 타게 하는 형벌이었다. 그것은 날카로울만큼 뾰족한 목마 등에 앉아 무거운 것에 의해 밑으로 두 다리가 당겨지는 형벌이었다.

한 번은 어느 범법자가 재수없게 이 형벌을 받았는데, 그는 너무나 고통스러워 곧 죽을 것같은 신음소리를 냈다. 그때 성벽 위를 걷고 있던 한 농부가 멈춰 서서 이 광경을 내려다 보고 있었다. 고통으로 죽을 지경인데, 저런 얼간이까지 보고 있구나 하는 생각에 몹시 화가 난 그 재수없는 범법자가 농부를 향해 소리쳤다.

「당신, 뭘 보고 있는 거요?」

그러자 농부가 대답했다.

「누가 당신을 쳐다보는 게 그토록 참기 어렵거든, 말을 몰아 다른 곳으로 가 버리면 되지 않소.」

범법자가 목마를 달려 가는 방식으로, 우리도 흘러 가는 (고통의) 세월을 타고 달려 가고 있다.

신이 여성을 창조한 까닭

☞ 여자라는 존재의 매력과 신비를 어떻게 설명할까?

여자는 남자보다 훨씬 불완전하지만, 반대로 가장 완전하다는 사실이 나를 즐겁게 한다. 하나의 신화 속에서 내가 하고자 하는 이야기를 꾸며보자.

세상에는 본래 하나의 성, 〈남성〉밖에 없었다. 영광스럽게도 남자는 재능을 부여받았으며, 그래서 자신을 창조한 신들에게 찬미를 드렸다.

시인은 가끔 그의 모든 정력을 시를 창작하는 데 쏟았다. 그러나 이를 본 신들은 인간을 질투하기 시작했다. 아니, 인간을 두려워하게 되었다. 자신들의 지배에 복종하지 않을까 해서였다.

신들은 인간이 신의 세계를 뒤흔들어 버리지 않을까 두려워한 나머지, 상상조차 할 수 없는 〈구속〉을 생각하게 되었다. 신들의 회의에서는 항상 이것이 관심사였고, 마침내 동요마저 일어 났다. 남자를 창조하는 데 아낌없이 힘을 쏟았기 때문에 남자는 고결하지만, 지금은 모든 것이 위험하고 문제거리로 되어 자기 방어의 대상이 되었다.

시인이 자신의 생각을 바꾸는 것과 같이, 신들이 남자를 없애는 것은 불가능했다. 인간은 힘에 의해 강요되어질 수 없었다. 혹 신들이 인간을 강제할 수 있다고 해도 그것은 오히려 신들에게 불안만을 안겨다줄 뿐이었다.

물론 인간은 신들보다 약하지만, 강제할 수 있는 충분한 힘에 의해 사로잡히고 강제되어야 한다고 생각했다. 그렇게 되기 위해 얼마나 놀라운 힘이 필요한가. 〈필요〉는 곧 신에게 자신들의 능력을 능가하는 창조의 힘을 낳게 했다.

신들은 생각하고 궁리를 거듭한 끝에, 마침내 발견해 냈다. 그 힘은 바로 〈여성〉이었다. 이것은 신들이 보기에도 남자보다 더 큰 기적의 창조였고, 신들 자신도 찬탄해 마지 않을 발견이었다.

신들이 할 수 있으리라고는 상상조차 하지 못했던 것을 여자가 할 수 있다는 사실에 대해 더 이상 할 말이 있을까. 얼마나 기적적이며 놀라운 일인가.

한 마디로 이것은 신들의 책략이었다.

절묘하게 매력있는 여자가 만들어졌다. 여자는 남자를 매혹시켰으며, 남자를 사로잡았다.

신들에게서, 자신을 위해 남성을 유인할 수 있는 것을 발명한 것만큼 기쁜 일이 있을까? 정말로 여자는 지상과 하늘에서 매력을 가진 유일한 존재가 되었고, 남자는 매우 불완전한 존재가 되었다.

신들의 책략은 성공했다. 그러나 항상 성공한 것은 아니었다. 어느 시대이건, 이 유혹을 느낀 남자는 있었다. 그들은 어느 누구보다도 여자의 사랑을 잘 감지했다.

그들은 〈호색가〉들인데, 나도 그 부류에 속한다. 남자들은 흔히 그들을 〈색마(色魔)〉라고 부른다.

이 호색가들은 매우 운이 좋은 사람들이다. 왜냐 하면, 그들은 신들의 음식보다 더 맛있는 음식을 먹으며, 달콤한 술을 마시고, 신들의 아름다운 생각에서 나오는 매혹적인 환상을 즐기기 때문이다.

그들은 항상 휴식을 즐긴다.

(이보다 더 한 향락이 있을까. 오, 축복받은 삶이여!)

또 언제나 유혹의 미끼를 즐겨 먹지만 결코 사로잡히지 않는다.

다른 사람들은 서민이 철갑상어 요리를 먹을 때처럼, 유혹의 미끼를 먹다가 사로잡혀 버리는데, 그들은 잡히는 법이 없다. 오직 호색가만이 유혹을 무제한 즐기며 음미할 수 있는 방법을 알고 있다. 그런데 여자들은 이를 신성시한다. 그래서 여자와 남자 두 사람만이 아는 비밀이 생긴다.

신들은 여자를 만들면서 몇 가지를 계산에 넣었다.

여름 밤의 안개처럼 섬세하고 영롱하게, 익은 과일처럼 부드럽게, 그리고 하나의 열망의 세계를 지탱한다는 사실에도 불구하고 한 마리의 새처럼 가볍고 완벽한 균형을 갖춘 가냘픈 자태, 아름다움을 머금은 듯한 눈, 이제 막 완성된 것 같은 완벽함과 시원함, 달콤함, 신선함, 첫눈 같은 투명한 부드러움, 모든 것을 잊게 해주는 행복스런 재담 등, 그야말로 여자의 모습을 본 남자는 거울에 비친 자신의 모습을 본 사람처럼 놀란다. 그리고 그 모습에서 완벽하게 투영된 자신의 모습을 보는 사람처럼 다시 한 번 놀라지 않을 수 없다.

어렴풋이조차 본 기억이 없는 것을 본 듯 놀라고, 꼭 필요해서 반드시 나타나야 할 것이 나타난 것처럼 바라본다. 그리고 인간 실존의 수수께끼처럼 바라본다.

사랑의 포로

☞ 사랑은 장님인가 ?

사랑은 〈눈을 멀게 한다〉는 말이 있는데, 사람들은 이 말로써 현상(現象)을 설명하려 한다.

무엇인가를 찾으려고 어두운 방 안으로 들어 가는 사람에게, 나는 손전등을 켜들고 들어 갈 것을 충고했다. 이때 그 사람이 찾고자 하는 물건이 별 것 아니기 때문에 손전등이 필요없다고 말했다면, 나는 그 사람을 완전히 이해할 수 있다.

반면에 같은 사람이 나를 데리고 어두운 방 안으로 들어 가면서, 그가 찾으려고 하는 것이 더할 나위 없이 소중한 물건이기 때문에 눈을 감고도 물건이 어디에 놓여 있는지 알 수 있다고 이야기한다면 — 과연 빈약하기 이를 데 없는 나의 두뇌로 이 말의 지나친 〈비약〉을 어떻게 이해할 수 있겠는가.

그를 화나게 하는 것이 두려웠다면, 나는 웃음을 억제했을 텐데, 나는 그가 등을 돌리자마자 그만 웃고 말았다. 그러나 사랑할 때에는 이처럼 이상한 말을 들어도, 그 누구도 웃지 않는다.

엄격한 마부

☞ 인간의 정신은 무엇으로부터 능력을 갖게 될까 ?

옛날에 흠 하나 없이 잘 사육된 훌륭한 말을 갖는 즐거움, 그리고 때때로 그 말을 타고 넓은 들판을 달림으로써 희열을 만끽하려 했던 부자가 있었다.

어느 날, 외국으로부터 괜찮다는 소문을 듣고는 말 한 쌍을 비싼 값에 샀다. 말을 산 후 1~2년이 지났다. 그러나 말은 예전에 알았던 사람일지라도 결코 알아볼 수 없을 정도로 변하고 말았다.

눈은 흐려져 항상 조는 듯 했으며, 걸음걸이 또한 볼품 없었다. 별로 무겁지 않은 물건이라도 기우뚱거리기 일쑤였다. 중간에 쉬지 않고는 결코 4마일을 달리지 못했다. 어쩌다가 주인이 말을 타 보고자 안장 위에 앉기라도 하면 아예 멈춰 서 버렸다. 게다가 나쁜 버릇은 몽땅 갖고 있었다. 분에 넘치게 영양가 있는 사료를 먹이는 데도 말은 매일매일 말라 가고 있었다.

주인은 할 수 없이 왕실의 마부를 초빙했다.

왕실 마부는 이 말을 한 달 동안 부렸다. 한 달이 지나자 말은 완전히 달라졌다. 나라 안 어디에서도 이 말보다 당당하고 눈매가 매서우며 걸음걸이가 의기양양한 말을 찾아볼 수 없을 정도가 되었다.

그런가 하면, 20마일 이상을 쉬지 않고 달려도 지칠 줄 모를 만큼 훌륭한 말이 되었다. 어떻게 해서 되었을까?

간단하다. 주인은 마부로서가 아니라 말의 뜻에 따라 제멋대로 자라게끔 내버려 두었으나, 왕실 마부는 자신의 뜻에 따라 말을 관리했던 것이다. 그렇다면 우리 인간은 어떠한가. 나 자신을 포함하여, 내가 알고 있는 많은 사람들을 생각해 볼 때, 나는 자신에게 이런 이야기를 한다.

「나는 재능도 있고 힘도 있고 능력도 충분히 갖고 있지만, 가르쳐 주는 사람이 없어.」

오랜 시간, 여러 세대를 통해 우리 인간은 말이 제멋대로 자라난 것처럼 양육되고 관념에 의해 자라 왔다. 그렇다면 우리에게 결여된 것은 무엇인가. 그것은 더 높은 곳으로 비상(飛翔)하려는 의지의 부족. 다음에 올 것을 기다리는 마음이다. 오래 견디지 못하고 쉽게 임시방편을 택하는가 하면, 성급하게 노동의 대가를 추구한다.

그러나 이와 다른 경우가 있다. 신(神)으로 하여금 스스로 마부가 되게 함으로써 신을 기쁘게 할 때이다. 신은 말을 마부의 의지에 따라 길들인다. 이렇게 된다면 인간이 하지 못할 것은 무엇이 있겠는가!

보석상 주인

☞ 젊은이들의 사랑의 어리석음과
지혜의 혼합을 무엇에 비유할까?

진짜 보석과 가짜 보석을 가려내는 일에 전 생애를 바친
보석상 주인이 있었다. 그런데 그가 진짜와 가짜가 뒤섞인
여러 종류의 보석을 갖고 놀면서, 진짜든 가짜든 똑같이 기
뻐하는 한 어린아이를 보았다고 상상해 보자.

내 생각으로는, 그 보석상 주인은 어린아이가 갖고 노는
보석들을 바라보면서 마음 속으로 진짜와 가짜를 완벽하게
구별해 내는 자기 자신의 능력에 대해 새삼 전율할 것이다.

그러나 그가 진정으로 어린아이의 행복감과 놀이의 기쁨
을 느꼈다면, 아마도 그는 자신의 능력이 별로 중요하지 않
다는 것을 깨닫고는 매우 겸양된 마음을 가졌을 것이다. 그
리고 그 〈놀라운 광경〉에 흠뻑 빠졌을 것이다.

손해 보지 않는다는 장사

☞ 숫자로 종교적 실존의 생명력을 감출 수 있는가?

여인숙 주인에 관한 우스운 이야기이다. 이 이야기는 내가 쓴 작품 속에 이미 소개되었다. 하지만 나는 이 이야기가 항상 심오한 뜻을 지니고 있다고 생각되어 여기에 다시 한번 되풀이 한다.

여인숙 주인은 늘 자기가 산 값보다 1센트 싸게 병맥주를 판다고 했다. 어떤 사람이 주인에게 물었다.

「어떻게 수지를 맞춥니까? 그렇게 팔면 손해를 보지 않습니까?」

주인이 대답했다.

「그렇지 않아요. 손님, 많이 팔 때는 수지가 맞아요.」

큰 숫자, 그것은 지금 이 순간에도 매우 큰 힘을 갖고 있다. 이 이야기를 듣고 코웃음을 치는 사람이 있다면, 숫자가 인간의 상상 속에서 얼마나 큰 힘을 발휘하는가를 일깨워 주는 이 교훈을 명심해야 할 것이다.

물론 여인숙 주인은 한 병에 4센트를 주고 산 병맥주를 3센트에 팔았을 때 1센트씩 손해본다는 사실을 잘 알고 있다. 열 병을 팔아도 마찬가지로 손해라는 것을 알고 있다.

　그러나 무려 10만 병이라고 하면 달라진다. 10만이라는 숫자가 정신을 흐리게 하여 모든 것을 잊게 만든 것이다. 다시 말해서, 여인숙 주인은 10만이라는 큰 숫자에 현혹되어 (그 정도 팔면) 이익을 볼 것이라고 막연하게 생각했던 것이다. 문제는 큰 숫자에 대한 매혹이었다.

어리석은 품팔이꾼

☞ 견해를 물어보는 것은 왜 어리석은가?

역사상 가장 막강한 권력을 소유한 황제와 하루하루 겨우 살아 가는 어느 불쌍한 품팔이꾼의 이야기이다.

어느 날, 황제는 이 품팔이꾼을 궁으로 불러들이고자 했다. 그런데 품팔이꾼은 황제가 자기같은 비천한 존재를 알리라고는 꿈에도 생각하지 않고 있었으며, 더욱이 황제가 자기를 부르리라고는 전혀 상상조차 하지 않고 있었다.

그러므로 만약 황제를 한 번이라도 알현하는 기회만 주어진다면 자기로서는 무한한 영광이며, 마치 일생에 가장 큰 자랑거리로 되는 것처럼 대대손손 그 이야기를 전해주고자 했을 것이다.

그런데 만약 황제가 사람을 보내어 그를 사위로 삼고 싶다는 말을 전했다면 어떻게 될까. 인간적인 이 품팔이꾼은 다소, 아니 심히 놀라 얼굴이 빨개지면서 당황해 할 것이다.

그리고 이같은 일은 아주 이상하고 정신 나간 짓이라고 생각하여(이것이 인간의 본질이다), 그 누구에게도 이야기할 수 없는 일이라고 판단할 것이다. 모르긴 해도, 황제가 자기를 우롱하려 한다고밖에 생각할 수 없을 것이다.

(그의 이웃들은 부산을 떤다.) 만일 그렇게 된다면, 그는 온 마을의 웃음거리가 되고, 신문에는 그의 사진이 실리며, 공주와의 결혼 이야기는 엉터리 가두 시인의 시제(詩題)가 될 것이다.

그러나 황제의 사위가 되는 것은 현실적인 문제이다. 그렇게 되면, 품팔이꾼으로서는 황제가 이 문제를 어느 정도로 심각하게 생각하고 있는지, 혹 자기같은 불쌍한 놈을 조롱하여 남은 생애를 불행하게 만들어 정신병원으로 가게 만들려는 것은 아닌지를 확실히 알 수 있을 것이다

이렇듯 분에 넘치는 일의 결과는 때때로 아주 쉽게 정반대되는 상황으로 변할 수도 있는 것이다.

만일 품팔이꾼에게 내린 호의가 보잘 것 없어, 품팔이꾼 수준으로도 이해가 가능한 것이었다면 별로 문제될 것은 없을 것이다.

그 정도라고 하면, 이 도시의 존경받고 교양있는 대중들도 이해할 것이다. 나아가 가두 시인들도 이해할 것이고, 어쩌면 오십만의 도시 인구 모두가 이해할 것이다. 인구로 볼 때, 이 도시는 꽤 큰 도시이지만, 이해력의 수준이나 특별한 감각 면에서는 매우 뒤떨어진 작은 마을이었다.

그러나 황제의 사위가 된다는 것은 너무도 큰 문제였다.
특히 이것은 외적인 사실이라기보다는 내적인 문제이어
서, 사실적인 증거로는 품팔이꾼을 확인시킬 수 없다고 생
각해 보라. 문제의 핵심은 오직 품팔이꾼이 이 사실을 믿을
수 있을 만큼 〈겸손한 용기〉를 가졌는가 하는 점이다.

「만용(蠻勇)은 이런 것을 믿지 못하게 만든다.」
〈겸손한 용기〉를 가진 품팔이꾼이 얼마나 된다고 생각하
는가. 〈겸손한 용기〉를 갖지 못한 사람은 피해의식 때문에
특별한 일에 대해 자기 자신을 조롱하는 것으로 받아들일
것이다. 그래서 그는 정직하게, 그리고 솔직하게 다음과 같
이 인성할 것이다.
「그런 일은 나에게 너무 고상해서 이해할 수 없어. 만약
내가 그것을 입밖에 내면 바보 취급을 받을 것만 같아.」

담뱃재에 흥분하는 학자

☞ 전제가 잘못된 학설을 무엇에 비유할까?

네덜란드의 어느 지방에 한 학자가 살고 있었다. 그는 대학에서 동양학을 전공한 학자였으며, 부인이 있는 기혼자였다.

어느 날, 그의 아내가 점심 식사를 차려놓고 남편을 불렀다. 그러나 남편은 식탁에 나타나지 않았다. 아내는 음식을 바라보면서 남편을 한참 동안 기다렸다. 시간이 꽤나 오래 지났으나 남편은 나타나지 않았다.

아내는 할 수 없이 남편을 직접 찾아가 데려 오기로 결심하고 이층의 남편 서재로 올라 갔다.

학자인 남편은 서재에 혼자 앉아 있었다. 그는 책상 위에 책을 수북하게 쌓아 놓고, 연구에 몰두하고 있었다. 아내는 사랑스런 표정과 함께, 남편의 어깨에 팔을 살며시 얹고는, 남편이 들여다 보고 있는 책을 바라 봤다.

「여보, 왜 식사하러 오시지 않았어요?」

하지만 이 동양학자는 아내가 묻는 말에 대해 깊이 생각할 여유가 없었다.

그는 아내를 쳐다 보며 이렇게 말했다.

「여보, 지금 식사가 문제가 아니오. 여기를 보시오. 전에
는 한 번도 본 일이 없는 유성음(有聲音) 하나가 발견되었
소. 전에도 인용부호는 종종 보아 왔지만, 이같은 부호는
처음 봤소. 당신도 알다시피 내 책은 우수한 네덜란드 판이
아니오. 이 점을 보시오. 이건 사람을 미치게 만들기에 충
분한 것이오.」

나는, 그의 아내가 작은 점 하나 때문에 가정의 질서가
뒤흔들리는 것에 대해 반쯤은 어이없어 웃고, 반쯤은 비난
하는 투로 남편을 바라보는 장면을 상상할 수 있다.

그녀는 이렇게 대꾸했다.

「그것이 그렇게도 당신 마음을 사로잡을 만한 것인가요?
그만한 일에 끼니를 걸러 자신의 목숨을 낭비하는 것은 쓸
데없는 짓이라구요.」

말이 끝나기가 무섭게, 아내는 행동에 옮겼다. 그녀는 그
글자를 훅 불어버렸다. 그러자 놀라운 일이 일어났다. 글자
가 사라진 것이다. 왜냐 하면 이 놀라운 점은 사실 한 조각
의 작은 담뱃재였던 것이었다.

위대한 프롬프터

☞ 진짜 교훈적인 강연에서
강사와 청중 사이에 무엇이 행해지는가?

여러분도 잘 알다시피 연극 공연에서는 누군가가 무대 뒤에 숨어서 속삭이듯이 대사를 읽어주게끔 되어 있다. 이 같은 역할을 맡은 사람은 관객의 눈에 띄지 않아야 하며, 또 그렇게 되기를 원한다.

그러나 특정 인물로 분장한 배우는 성큼성큼 무대 위로 뛰쳐 나와 관객의 시선을 집중시킨다.

연극과 같은 허구의 예술에서는 숙련된 감각으로, 모든 대사가 〈사실〉로 되고, 그 대사는 배우를 통해 〈진실〉이 된다. 그러나 따지고 보면 배우가 읊조리는 대사는 무대 뒤에 앉아 속삭이는 프롬프터의 말을 되풀이 하는 데 불과하다. 그럼에도 불구하고 사람들은 프롬프터가 배우보다 중요하다고 생각하지 않는다.

이제 예술에 관한 가벼운 이야기는 접어두자.

정신 세계에서 볼 때, 사람들은 속된 의미로 말하여, 강사는 배우로, 청중은 연극의 관객으로 간주하는 어리석음을 범하곤 한다.

관객들이란 판단을 예술가들에게 맡긴 사람들이다. 그러나 실제의 강사는 배우가 아니라 프롬프터이다. 청중은 단순한 관객이 아니라 강사의 마음 속을 꿰뚫어 본다.

무대는 〈영원〉이고, 진실한 청중이라면 (만약 그가 진실한 청중이 아니거나 어찌 할 바를 모르는 사람일지라도) 그는 강연 중에 신 앞에 서게 되는 것이다.

프롬프터는 배우에게 속삭이지만, 중요한 관심사는 그 말을 받아 되풀이하는 배우의 대사이다. 이것이 연극의 매력이기도 하다.

강연하는 사람은 청중들에게 속삭이듯 말한다. 그러나 중요한 관심사는 〈열정〉이다. 그리고 그 관심이란 청중에 의한, 청중과 더불어, 청중에 대한 관심이다.

연설은 연설하는 사람 자신을 위해 행하여지는 것이 아니라 청중으로부터 칭찬 혹은 비난의 평가를 받기 위해 행하여진다. 연설에 대한 청중들의 평가, 바로 그것이 연설의 목적인 것이다.

연설자가 자신의 연설에 대해 책임이 있다면, 마찬가지로 청중들에게도 그에 못지 않은 책임이 있다.

극장에서는 관객이라고 하는 청중 앞에서 연극이 무대에 오르지만, 경건한 강연에서는 신 자신이 존재한다.

진지한 의미에서 신은 비평적 관객이다. 그는 이야기가 어떻게 전개되고 어떻게 들려지는가를 주시한다. 그러므로 타성에 젖은 관객들은 늘 주의해야 한다. 결국 강사는 프롬프터이며, 청중은 신 앞에 서게 된다. 말하자면, 청중은 배우이며 그는 신 앞에서 진실을 다하여 연기해야 한다.

연극배우의 분장

☞ 이웃을 사랑한다는 의미는 무엇인가?

이웃을 사랑한다는 것은 자기 자신에게 부여된 세속적인 특징을 지닌 채, 모든 인간이 똑같이 동등하게 존재하기를 바라는 것과 같다.

당신 앞에 다양한 사람들이 어우러져 사는 세상이 있다고 잠깐 생각해 보라. 그것은 마치 연극을 보는 것과 같다. 연극과 다른 점이 있다면, 다만 구성이 좀 광범하고 복잡할 따름이다.

군중 속에 속해 있는 개개인은 각기 특징을 지니고 있는 독특한 개체들이다. 그러나 각각 독특하게 보이면서도 실제로는 겉으로 드러나는 것과 다른 그 무엇이다.

우리는 이 세상에서는 그 참모습을 볼 수 없다. 오직 개개인이 어떤 역할을 어떻게 해 내는가 하는 것만을 볼 수 있을 뿐이다.

인생은 연극이다. 그러나 막이 내려질 때는 왕의 역을 맡았던 사람과 거지 역을 맡았던 사람, 그리고 그 외에 다른 역을 맡았던 모든 사람들이 하나같이 똑같다. 모두 하나이며 같은 사람들이다. 배우인 것이다.

죽음에 임박하여 이 세상의 무대에 커튼이 내려올 때(죽음의 순간에 영원의 무대로 커튼이 올라 간다고 말하는 사람이 있다면, 그것은 언어의 잘못된 사용이다. 영원은 무대가 아니다. 그것은 진리이다) 그들은 모두 하나가 된다. 즉, 모두 인간이다. 인간의 본질적인 것은 모두 눈에 보이는 특징 때문에 가려져 있다. 왜냐 하면 인간이기 때문이다.

연극 무대는 매력적인 세상과 같다. 그러나 어느 저녁 날, 모든 배우들이 똑같이 정신이 나가서 무대 위의 모습을 자기 자신의 본래의 모습이라고 착각했다고 가정해 보자.
황홀한 연극과는 대조적으로 이것은 현실적으로 〈사악한 영혼〉의 황홀경에 사로잡힌 것이나 다름없다. 그리고 현실의 생활에 마음이 사로잡혀(우리는 정말 각자가 갖고 있는 특성에 매료되어 있다) 우리가 하는 역할을 본질적인 것으로 착각할 만큼 우리의 본질적인 생각은 혼돈되어 있다. 이 얼마나 웃기는 이야기인가?

이 세상 사람들이 지니고 있는 특징들은 하나같이 배우의 분장과도 같고, 여행용 외투에 지나지 않는다.

모든 사람들은 겉옷을 입으면서 장식으로 끈을 맬 때 단단하게 매듭을 묶지 않고 헐겁게, 그리고 조심해서 끈을 매어야 쉽게 풀고 다른 모습으로 변형할 수 있다는 것을 잊고 있는 듯하다.

우리는 연극 무대에서 배우가 다음 장면을 위해 분장을 바꾸고 나와야 될 때, 분장을 채 바꾸기도 전에 무대로 뛰어 나오는 것과 같은 잘못을 많이 보아 왔다.

그리고 실제의 생활에서도 사람들은 외적으로 특징을 드러내는 겉옷을 장식 끈으로 꽉 묶어놓아, 그 자체가 외양적(外樣的)인 개성에 불과하다는 것을 완벽하게 숨기곤 한다. 그러면서 사람들은 마땅히 행하여야 할 〈평등〉이라고 하는 인간 내면의 고귀함을 결코 드러내려 하지 않는다.

인기없는 별식

☞ 신념과 「신념의 고백」은 어떻게 다른가 ?

　별난 음식이 있다고 하자. 그리고 그 음식은 몇몇 사람들에게는 특별한 까닭, 예컨대 민족적이거나 종교적인 이유 등으로 해서 매우 독특한 의미를 띠고 있다고 가정해 보자.
　누군가가 그 음식에 대해 비웃거나 비난하는 이야기를 듣는다면, 그 사람들은 매우 기분이 나쁠 것이다. 더욱이 그들 앞에서 이런 이야기가 튀어 나왔다면 당연히 불쾌한 표정을 지었을 테고, 일부는 자신의 언짢은 감정을 솔직하게 털어 놓았을지 모른다.

　상황을 조금 바꾸어 생각해 보자.
　특정 음식에 대해 남다르게 해석하는 사람이 몇몇 사람들과 식사를 함께 했는데, 그 식탁에 바로 그 음식이 차려졌다고 상상해 보자. 그리고 음식이 나왔을 때, 손님들은 저마다 「이 음식은 더할 나위 없이 훌륭한 음식이군 !」이라며 칭찬을 아끼지 않았다고 가정해 보자.

　그런데 놀랍게도 손님들은 그 음식에 전혀 손을 대지 않은 채 다른 음식만 먹으면서, 입으로는 연신 그 음식이 가장 훌륭하며 귀하다고 떠들어댄다면 어떻게 될까?

　이 경우에 집주인은 음식에 대한 자신의 믿음을 그들이 받아들이도록 요구할까? 아니면 더 없이 훌륭하고 귀한 음식이라고 이야기하면서, 왜 손을 대지 않느냐고 탓할까? 아무도 그 사실에 대해 반박하거나 대꾸하는 사람이 없는데…….

오두막에 사는 사상가

☞ 사상가의 사상체계와
그의 실존적 삶 사이의 불균형을 무엇에 비유할까?

사상가는, 하나의 거대한 건물, 즉 하나의 사상체계를 세우는데 있어서 모든 실존과 세계의 역사 등을 포괄한다. 그러나 그 사상가의 사생활을 들여다 보면, 놀랍게도 터무니없이 우스꽝스러운 모습을 발견하게 된다.

이 사상가는 커다랗고 높은 아치 형의 천정으로 된, 으리으리한 궁전에 사는 것이 아니라, 그 궁전 옆의 헛간과 같은 개집, 아니면 기껏해야 짐꾼이 사는 오두막집과 같은 집에서 살고 있다.
만약 누군가가 버릇없이 이 사상가에게 그같은 사실을 환기시키려 한다면, 그는 당연히 불쾌하게 생각할 것이다. 왜냐 하면, 사상가는 〈기만(欺瞞)〉의 방법으로라도 완전한 사상체계를 얻을 수만 있다면, 그 자신이 〈기만〉에 빠지는 것을 두려워하지 않기 때문이다.

예술가의 사랑

☞ 이웃의 사랑을 요구하는 것과
사랑스러움을 발견하는 것에는 어떤 차이가 있나?

두 명의 예술가가 있었다. 한 사람이 말했다.

「세상을 두루 돌아 다니면서 많은 것을 보았지만, 아직 그려볼 만한 가치가 있다고 생각되는 얼굴을 발견하지 못했다네. 이 얼굴만은 꼭 그려야겠다고 욕심낼 정도로 완벽한 미를 갖춘 얼굴을 찾지 못한 셈이지. 보는 얼굴마다 이런저런 결함이 하나씩은 다 있더군. 결국 나는 찾는 데 실패한 셈이네.」

그렇다면, 이 예술가는 과연 훌륭한 예술가인가.

또 한 사람이 말했다.

「나는 스스로를 진정한 예술가라고 생각해 본 적이 없다네. 더욱이 외국을 한 번 여행해 본 적도 없거든. 지금, 나는 가까운 사람들과 함께 조그마한 동호인회를 만들어 활동하는 수준에 머물러 있지만, 거기에 있는 어떤 사람에게서조차 하찮은 결함투성이 얼굴이라고는 결코 본 일이 없다네. 오히려 아름다운 면을 찾아내고 훌륭한 면을 발견해내고 있어. 정말로 생활 속에 예술을 갖고 있는 게 얼마나 다행스런 일인지 몰라. 예술가가 되고 싶다는 생각없이 지금의 생활에 만족하고 있다네.」

과연, 이 사람은 예술가가 아니라고 말할 수 있을까.

그는 여러 곳을 두루 돌아 다닌 예술가가 마음 속에 그 무언가를 느끼지 못하여 세상 어느 곳에서도 발견하지 못한 것을, 가까운 이웃과 일상생활에서 발견한 것이다. 따라서 두 번째 사람이 예술가이다.

생활을 미화하는 것은 예술에 대한 모욕일 뿐이라면서, 우리 자신의 생활을 아름답게 만들려 하지 않거나, 우리 가운데 그 누구도 아름답지 않다는 것을 지적한다면 이는 매우 슬픈 일이다.

그리고 우리 모두에게서 어떤 사랑스러움을 발견해 낸다면, 이는 곧 우리 모두를 〈사랑할 수 있는 지름길〉이라 생각하지 않고, 그 누구도 사랑할 가치가 없다는 이유만을 내세워 사랑을 모독한다면 이 또한 매우 슬프고 잘못된 생각이 아닐 수 없다.

위험한 도구

☞ 기독교적 의미에서 사랑은 위험한 것인가?

매우 날카롭고 번쩍이는 날이 양쪽으로 선 연장을 다른 사람에게 건네주면서 꽃다발을 전해주는 태도와 몸짓을 취한다면 어떻게 되겠는가? 대부분의 사람들은 놀라서 미친 짓이라고 이야기할 것이다.

그러나 아무리 위험하더라도 그 연장의 우수성을 확신한다면, 분명 아무 거리낌없이 전달할 것이다. 물론 그것이 한편으로 매우 위험할 것이라 경고 또한 분명하게 할 것이다. 기독교도 이와 같다. 필요한 일이 행해져야 한다고 믿는다면, 우리는 실천을 주저해서는 안된다.

사랑 테스트

☞ 직접전달과 간접전달의 차이를
어떻게 하면 확실히 구분할 수 있을까?

　의사 전달을 간접적으로 하는 경우, 신뢰가 요구되는 것
은 순수한 인간 관계라면 매우 간단하게 설명될 수 있다.
그러나 이 경우, 가장 고귀한 의미에서 산과 사람과의 관계
에도 그 믿음이 나타나야 한다는 점을 이해한다는 것이 전
제되어야 한다.

　이를 증명하기 위해 두 연인 간의 관계를 생각해 보자.
　남자는 그 자신이 애인을 사랑하고 있다는 확증을 가장
정열적으로 표현한다. 그리고 전 생애를 이 확증에 건다 —
이는 거의 완전한 사모(思慕)이다. 그때 애인에게 묻는다.
「당신은 내가 당신을 사랑한다는 것을 믿소?」
그러면 애인은 이렇게 답한다.
「네, 믿어요」
이는 확실히 구두로 검증하는 방법이다.

　자, 이번에는 그녀가 과연 자기를 사랑하고 있는지를 알
아 보기 위해 남자가 애인을 시험해 보고 싶어한다고 가정
해 보자. 이럴 경우에, 남자는 어떻게 하겠는가?

남자는 모든 직접 의사소통의 통로를 끊고 이중인격자로 변신한다. 어느 모로 보나, 그는 성실한 애인을 가장한 사기꾼처럼 보이도록 그럴 듯하게 행동한다. 이렇게 되면, 그는 그 자신을 〈수수께끼〉로 만드는 것이다.

그러나 〈수수께끼〉란 무엇인가? 하나의 물음이다.

그렇다면 그 물음은 무엇에 대해 묻고 있는가?

그녀가 자기를 믿고 있는 지에 대해 묻고 있는 것이다.

나는 남자가 이렇게까지 하는 것이 정당한 것인지 아닌 지를 판단할 수 없다. 나는 다만 나의 생각이 지시하는 대로 따라가고 있을 뿐이다. 그리고 어떤 경우에는 문답식 교사(敎師)가 바로 이같은 방법을 통해 결론에 도달한다는 것도 기억할 필요가 있다.

남자는 변증법적인 이중명제를 세우는 것이다. 그러나 그것은 다른 사람을 거부하려는 의지와 받아들이려는 의지, 자유롭게 접근할 수 있게 하려는 의지와 그렇게 하지 않으려는 의지의 이중성이다.

　이 두 가지 예에서, 두 연인의 행동의 차이가 무엇인가를 쉽게 알 수 있다. 첫 번째 경우의 애인은 직접 질문을 던진다. 「당신은 나를 사랑합니까?」

　두 번째 경우의 애인도 같은 질문을 던지지만, 그 자신을 의문으로 남긴다. 그는 자기 자신이 감히 그같은 일, 즉 애인을 시험하는 일을 했다는 것이 스스로를 후회하게 만드는 이유가 될 지도 모른다.

　나는 그 남자가 후회하게 될 것인가 아닌가에 관심이 없다. 다만 생각이 지시하는 대로 따를 뿐이다. 그리고 변증법적 관점에서 볼 때, 후자의 방법이 신뢰를 이끌어 내는 데 훨씬 더 본질적인 방법이란 것은 확실하다.

　후자의 방법이 목적하는 바는, 선택의 여지를 주고 그 상황 속에서 연인의 마음을 드러내게 하는 것이기 때문이다. 이런 두 가지 가능성 안에서 그녀가 어느 것을 진실한 것으로 믿는가를 선택케 하는 것이다.

여름 휴가

☞ 당장 인정받기를 바라는
현대인의 괴팍함을 무엇이 비유할까?

현대는 〈예측의 시대〉이다. 그리고 남보다 앞서 인정받으려 애쓰는 시대이기도 하다. 한정된 일에 만족하는 사람은 아무도 없다. 모두들 신대륙이라도 발견할 것 같은 환상에 사로잡혀 우쭐해 하기를 원한다.

9월 1일부터 시험 공부를 열심히 하기 위해 8월 중에 여름 휴가를 얻기로 한 젊은이처럼, 비록 이해하기는 어렵지만, 지금의 세대는 다음 세대가 진지하게 일을 꾸려 진행해 갈 수 있도록 먼저 엄숙한 결론을 내려야 한다.

또 다음 세대가 (연회에 참석하는) 번거로움을 덜어주기 위해, 그리고 (이 번거로움이) 다음 세대에까지 연기되지 않게 하기 위해, 현 세대는 먼저 연회에 참석해야 한다.

교미가 끝나는 순간에 죽어버리는 곤충이 있다.
쾌락이라는 것도 대개 이와 같다.
인생에서 가장 큰 희열에는
죽음이 따른다.

코끝의 땀방울 바라보는 즐거움

☞ 사람들은 심각한 인생을 어떻게 극복하고 있을까?

나로 하여금 어쩔 수 없이 장광설(長廣舌)을 듣게끔 상황을 만드는 사나이 하나가 있었다. 그때마다 그 사나이는 꽤 철학적인 내용으로 이야기를 매우 지루하게 늘어놓아, 나는 짜증을 내곤 했다.

어느 날, 여느 때와 마찬가지로 그는 나를 찾아와 장광설을 늘어놓았다. 나는 거의 자포자기 상태로 그의 이야기를 듣는 둥 마는 둥 하다가, 문득 그가 무척이나 많이 땀을 흘리고 있음을 발견했다.

그리고 그 땀방울들이 그의 이마로 모여서 줄기를 이루고는 코로 미끄러져 내려와, 방울 모양으로 생긴 코 끝에 대롱대롱 매달려 있는 것을 보았다.

이것을 발견한 순간부터 모든 것이 변했다. 나는 그의 이야기를 즐겨 들었고, 때로는 그가 아무 말을 하지 않을 때 그로 하여금 자신의 철학적 설교를 시작하도록 부추겼다.

이것은 순전히 그의 이마와 코 끝에 매달려 있는 땀방울을 보기 위해서였다.

말허리 잘린 현자

☞ 주제 넘은 것과 현명함은 어떤 관계인가?

평범한 사람은 현자(賢者)와 이야기를 나눌 때, 현자가 처음 몇 마디 시작하자마자 즉시 말허리를 자르고는 「말씀, 감사합니다」라고 한다.

이제 더 이상 들을 필요가 없다는 의사표시인 셈이다.

그러나 이것은, 그가 지금 현자와 이야기를 나누는 것이 아니라, 그 자신이 〈바보〉로 만들어 버린 현자와 이야기하는 것과 같다.

글씨를 늦게 쓰는 작가

☞ 지나친 자신감은 어떻게 도전받는가?

몇년 전, 나에게 자신의 문학적 소양과 자신감을 자랑스럽게 말한 사람이 있었다. 그는 나를 찾아와, 자기는 글씨를 빨리 쓸 수 없기 때문에 떠오르는 생각을 종이 위에 옮겨 적을 수 없다는 강박관념에 사로잡혀 있다고 고백했다. 그리고 나에게, 그가 부르는 대로 받아써 줄 수 있는 친절을 베풀어 달라고 간청했다.

그의 말뜻을 얼른 알아채고, 「나는 한 단어의 머릿글자 한 자만 써 놓고도 나중에 그 단어를 모두 읽을 수 있다. 달리는 말만큼 빨리 쓸 수 있으니 걱정말라」고 위로했다.

나는 커다란 책상을 내어 놓은 다음, 종이를 두툼하게 준비했다. 그리고 종이를 넘기는 시간을 절약하고자 여러 장외 종이에다가 페이지 숫자를 미리 써 놓았다. 또 열두 개의 펜대에 펜촉을 끼워 열두 개의 잉크병에 각기 꽂아 놓았다. 그러자 그 사람은 다음과 같이 연설을 시작했다.

「에, 그렇습니다, 여러분도 아시다시피, 친애하는 여러분, 내가 진정으로 말하고자 하는 것은⋯」

그가 연설을 다 마쳤을 때, 나는 그에게 쓴 것을 큰 소리로 읽어 주었다. 그 뒤, 그는 어느 누구에게도 비서가 되어 달라는 요청을 다시는 하지 않았다.

일찍 끝낸다는 것

☞ 자아를 형성하는 데 완성이 있을 수 있는가?

필기 시험을 볼 때 주어지는 시간은 네 시간이다. 그러나 학생이 이 네 시간을 다 소비하건, 한두 시간만에 끝내건, 그것은 별로 문제가 되지 않는다. 과제와 시간은 별개이기 때문이다. 그러나 시간 그 자체가 과제일 경우에는 이야기가 달라진다. 주어진 시간이 채 끝나기도 전에 일을 마치는 것은 〈실수〉가 된다.

어떤 사람이 하루 종일 오락 게임을 즐기는 과제를 배정받았다고 하자. 만일 그가 오전까지만 놀고 그 오락을 끝냈다고 생각해 보자. 이 경우의 민첩성은 별로 칭찬할 만한 것이 못된다.

인생에서 자신의 할 일을 구성할 때에도 마찬가지이다.

인생이 끝나기 전에 인생을 끝내게 된다면, 그것은 정확하게 말해서 인생을 〈완성〉한 것이 아니다.

자격증과 경험

☞ 지식이란 다른 데에 응용할 때는 변하는가?

한 도선사(導船士)가 있었다. 그는 도선사 자격시험에서 매우 우수한 성적으로 합격했다. 하지만 아직 항해는 한 번도 해본 경험이 없다고 가정해 보자.

처음으로 항해하던 날, 별 하나 보이지 않는 칠흑같은 밤중에 폭풍을 만났다. 그는 자신이 무엇을 어떻게 해야 하는지를 잘 알고 있었다.

그러나 마음으로부터 공포가 다가 오는 것에 대해서는 미처 알지 못했다. 손에 쥔 핸들이 거친 폭풍의 파도 앞에서는 조그마한 장난감처럼 되고 만다는 사실을 깨닫는 순간에 찾아드는 무력감을 알지 못했다. 그리고 그같은 순간에 처했을 때, 혈압이 얼마나 오르는가 하는 것을 알지 못했나.

그는 자신이 알고 있는 지식이 구체적으로 적용되는 상황에서 자신에게 어떠한 변화가 일어난다는 것을 미처 깨닫지 못했던 것이다.

☞ 도선사(PILOT) : 법정 자격을 갖고 일정한 수로 구역에서 수로 안내 업무에 종사하는 사람을 가리킨다.

읽을 수 없는 편지

☞ 슬프도록 외로운 정열을 무엇에 비유할까?

어떤 사람이, 인간의 삶에 행복만을 가져다 줄 수 있는 내용이 담겨져 있다고 믿는 편지 한 통을 갖고 있었다. 그러나 편지의 글씨가 너무 흐리고 가늘어서 읽을 수가 없었다.

그 사람은, 그래도 한 단어를 확실히 이해한 뒤 그것을 바탕으로 해서 나머지를 유추 해석하면 될 것이라는 신념으로 한 글자 한 글자씩 읽어 보려 했다. 하지만 편지 첫머리부터 막혀 버리고 말았다.

그는 점점 더 애를 태우면서 편지를 뚫어져라 바라 봤다. 그러나 뚫어져라 보면 볼수록 더욱 알아볼 수가 없었다. 눈이 시려 눈물이 괴었고, 괴인 눈물 때문에 글씨가 눈에 들어오지 않았다.

시간이 지나면서 글씨는 점점 흐려져 더욱 읽을 수 없게 되었고, 마침내 편지지 자체가 어른어른해지고, 눈에 괸 눈물밖에 남는 것이 없게 되었다.

값이 비싼 책

☞ 양심이 허락하지 않는다면
그 허락되지 않는 만큼 떼어냅니까?

(양심이 허락하지 않을 때, 얼마 만큼 떼어 낼 것인가.)
그것은 마치 타퀸에게 책 한 무더기를 팔려고 내놓은 어느
여인과 같다.

이 여인은 자신이 요구하는 액수만큼 타퀸이 돈을 주지
않자, 책 무더기의 3분의 1을 태워 버렸다. 그래도 타퀸이
그녀가 요구하는 금액만큼 주지 않자, 또다시 3분의 1을 불
태우고는 처음에 불렀던 금액을 요구했다. 마침내 타퀸은
마지막 남은 3분의 1의 책을 사기 위해 여인이 맨 처음에 요
구하던 값을 지불했다.

조물주의 권태

☞ 권태는 영원한 인간의 상황인가?

신은 권태로웠다. 그래서 인간을 만들었다.

아담은 자기 혼자였으므로 권태로웠다. 그래서 이브가 창조되었다. 그 순간부터 권태는 세상에 들어 왔고, 인구가 증가함에 따라 권태 또한 증가되었다.

아담은 혼자였으므로 권태로웠고, 아담과 이브는 둘로서 같이 권태로웠고, 아담과 이브와 카인과 아벨은 가족 속에서 권태로웠다. 그리고 인구가 계속 증가하면서 사람들은 군중 속에서 권태로웠다.

사람들은 권태에서 벗어나고자 하늘에까지 닿을 정도로 높은 탑을 쌓을 생각을 했다. 그 생각은 탑의 높이만큼 권태로울 뿐이었고, 더 높은 것을 성취한 권태가 얼마나 두려운 것인가를 알게 해주었다.

습관이란 이름의 흡혈귀

☞ 인간은 어떻게 간교한 습관으로부터 벗어날 수 있을까?

교활하기로 이름난 들새는 간교하게도 먹이가 자고 있을 때에 덮친다. 이 들새는 잠자는 먹이를 덮쳐 피를 빨아 먹으면서, 한편으로는 날개를 퍼득여 상대를 시원하게 해준다. 상대로 하여금 더욱 깊은 잠에 빠지게 만드는 것이다.

사람의 습관도 이와 비슷하다.

아니, 더 고약스런 면이 있다. 왜냐 하면, 피를 빨아 먹고 사는 들새는 잠자고 있는 먹이만 찾아 다닐 뿐, 깨어 있는 먹이를 잠들게 하는 일은 결코 없기 때문이다.

그러나 습관은 바로 이런 짓마저 서슴없이 해댄다. 습관은 깨어 있는 사람에게 몰래 숨어 들어가, 그를 유혹하여 잠들게 만들고는, 시원한 바람을 보내어 더욱 깊은 잠에 빠지게 한 다음 피를 빨아 먹는다.

시위 떠난 화살

☞ 피할 수 없는 양자택일의 결정을 무엇에 비유할까?

적대 관계에 있는 두 군대가 전쟁터에서 마주쳤다고 생각해 보자. 마침 한 기사(騎士)가 그 곳에 도착했다. 양쪽 군대에서는 그 기사에게 서로 유리한 조건을 내세우면서 자기 편이 되어 싸우기를 권했다.

기사는 어느 한 편을 선택하여 싸웠다. 그러나 불행하게도 기사가 속한 군대가 전투에서 패하고 말았다. 기사는 포로가 되었다. 그리고 승리한 군대 앞으로 끌려 갔다.

하지만, 당시 기사는 어리석게도 전쟁 전에 그 군대가 제시했던 조건대로 그들의 편에 서서 봉사하겠다는 제의를 해야겠다고 마음먹고 있었다. 아마도 기사의 제의를 받은 승리자는 이렇게 말하지 않았을까.

「이 친구야. 자네는 지금 포로일쎄. 물론 자네는 다른 선택을 할 기회가 있었지. 그러나 이젠 모든 게 달라졌네.」

〈돌을 던지는 사람은 그 돌을 던질 때까지는 돌을 마음대로 할 수 있으나 던진 후에는 마음대로 할 수 없다.〉(아리스토텔레스)

그렇지 않다면 던진다는 것은 하나의 환상이다. 던지는 사람은 이미 돌을 던졌음에도 불구하고 손에 아직도 돌을 들고 있다고 생각한다.

신속한 체포

☞ 양심이 속속들이 다 들여다 보이는 것을 무엇에 비유할까?

사람이 유리 케이스 속에 들어가 앉아 있다고 해도, 조물주가 우리들 마음을 다 꿰뚫어 보는 것만큼 당혹스럽지는 않을 것이다. 바로 양심의 문제이다.

사람이라면 누구나 양심의 통제를 받는다. 때문에 잘못을 저지르는 즉시, 그 잘못을 빠짐없이 기록해야 할 〈심판 보고서〉가 나오고, 죄를 지은 사람은 그 자신의 잘못을 하나도 빠뜨리지 않고 거기에 기록해야 한다. 그러나 이것은 은현(隱現) 잉크로 쓰여지기 때문에, 내세의 빛 아래에서만 선명하게 드러난다.

내세는 양심을 감시한다.

사람은 누구나 이 세상에서 한 일, 그리고 미처 행하지 못한 아주 사소한 일까지도 빠짐없이 정확하게 기록된 보고서를 갖고 내세에 간다. 너무나 상세하게 적혀 있기에, 내세에서의 판결은 어린아이들조차 할 수 있을 정도이다. 제삼자가 할 일이라고는 아무 것도 없다. 심지어 심심풀이 삼아 혼자 중얼거린 말조차 기록되어 있다.

이 세상에서 저 세상으로 여행을 하는 죄인은 빠른 기차를 타고 도망치는 살인자와 같다. 그가 탄 기차에는 이미 다음 역에서 그를 체포하라는 신호와 명령이 내려져 있다.

결국 그는 다음 역에 도착하여 차에서 내리는 순간에 체포되고 만다. 말하자면 그는 구속영장을 몸에 지니고 간 것이나 다름없다.

언제나 외로운 말

☞ 오해받는 고통을 무엇에 비유할까?

우리가 비록 이해할 수 없더라도, 말하지 못하는 동물이 생각할 수 있고, 또 그들 상호 간에 의사 교환이 가능하다고 상상해 보자. 그리고 이 상상은 당연한 사실이라고 생각해 보자.

여름날, 목장에 말이 서서 머리를 위로 들어 올리거나 흔들 때, 그 행동이 무엇을 의미하는지 확실히 아는 사람은 아무도 없다. 그러나 멍에에 나란히 묶여 일해 온 말 두 마리가 밤중에 멍에에서 풀려나면, 그들은 연인처럼 서로 스스럼없이 머리를 비벼대며 애무를 한다. 혹 말들을 자유로이 풀어 놓으면, 말들은 숲에 메아리로 울릴 만큼 서로 울어댄다. 때로는 사람들이 모여 회의하듯, 초원에 모여들 때도 있다.

말하자면 실제로 말들이 서로 간에 의사소통을 하고 있음을 알아차릴 수 있는 것이다.

그런데 언제나 〈혼자〉인 말이 있었다.

어느 날, 이 말은 무리들이 부르는 소리를 들었다. 그 소리는 말들이 어떤 모임을 가지려 한다는 내용이었다.

이 말은, 삶과 살아가는 방법에 관해 무언가 배울 수 있다는 희망을 갖고서 그 곳으로 달려 갔다. 그리고 그 자리에서 「죽을 때까지 자기 자신이 운 좋다고 생각하는 말은 하나도 없다. 조물주가 만든 모든 피조물 가운데 운명의 비극적 전환을 가장 비통하게 맞이하는 것」이 말이라는, 어느 늙은 말의 이야기를 주의깊게 들었다.

그 늙은 말은 지금까지 많은 고통을 겪어 왔다.

배고픔과 추위, 거의 죽음의 순간까지 몰아놓는 과로, 못된 기수의 발길질, 초보 기술도 익히지 못한 미숙련 승마자의 학대, 자신의 실수이면서도 말을 책망하고 벌을 주는 사람들. 그리고 어느 겨울에, 그 늙은 말은 벌거벗은 숲속으로 쫓겨났다는 이야기이다.

모임이 끝나고, 여기저기서 열심히 달려온 말들은 다시 힘없이 흩어졌다.

〈마음의 근심은 심령을 상하게 한다.〉

처음으로 모임에 참석한 이 말은 그 모임에서 화제가 되고 있는 모든 것을 이해할 수 있었으나, 그 자리에 있던 어느 말도 자신의 고통에 대해 이야기하지 않았다.

이 말은, 다른 말들이 모임에 참석하기 위해 달려 가는 것을 볼 때마다 언제나 뒤쫓아 달려가곤 했다. 늘 그 자신의 궁금증을 풀어줄 이야기를 기대하면서 말이다. 그러나 이야기를 다 듣고 돌아갈 때의 마음은 언제나 무거웠다.
이렇게 하여, 이 말은 다른 말들이 무엇에 관심이 있는지를 점점 더 잘 이해하게 되었다. 하지만 자기 자신에 대해서는 점점 더 알 수 없게 되었다. 항상 모임에 참석했으나, 다른 말들이 자기를 소외시키는 것만 같았다.

새 구두 신은 농부

☞ 과거의 자기와 현재의 자기를
구분 못하는 사람을 무엇에 비유할까?

맨발로 대도시에 온 어느 농부에 관한 이야기이다. 농부는 오랫동안 고생하여 돈을 많이 벌었다. 구두와 양말을 넉넉하게 샀는데도 주머니에는 아직 취하도록 술을 마실 수 있는 돈이 남아 있었다.

그는 고향으로 돌아 가고자 했다. 술에 취한 상태에서 자기 집을 찾아 가려고 애쓰다가 그만 큰 길 한 가운데 누워 잠이 들었다. 그때, 짐차 한 대가 달려 왔다. 운전사가 소리쳤다.

「비키라구, 그러지 않으면 당신 다리 위로 그냥 지나가 버릴 거야.」

순간, 술에 취한 농부가 잠에서 깨어나 자신의 다리를 바라보았다. 하지만 구두와 양말 때문에 다리를 제대로 알아볼 수 없었다. 그래서 그는 운전사에게 이렇게 말했다.

「지나가라구. 이건 내 다리가 아니니까.」

열여섯 살 처녀와 스물다섯 살 남자

☞ 최상의 행복이란 어떤 삶인가?

가장 행복한 삶(실존)이란 어떤 것일까? 아무것도 소유한 것 없는, 깨끗하고 순결한 열여섯 살 처녀의 실존이 가장 행복하다.

처녀에게는 장롱도 책장도 없어, 그녀의 모든 소중한 물건을 보관하려면 어머니가 쓰던 서랍 책상의 맨 아래칸을 이용할 수밖에 없다. 소중한 물건이래야 성례복과 기도서가 고작이다. 마찬가지로 처녀의 옆 서랍 한 칸에다가 소중한 물건 전부를 넣는데 만족해 하는, 가진 것 없는 남자도 행복하다.

어떤 삶이 가장 행복할까?

깨끗하고 순결한 처녀의 실존이 가장 행복하다. 그녀는 춤을 출줄 알지만 일년에 단 두 번만 무도회에 갈 뿐이다.

가장 행복한 삶이란 어떤 것인가?

열여섯 살의 나이를 〈여름처럼〉 맞이하는 깨끗하고 순결한 젊은 처녀의 삶이 가장 행복하다. 처녀는 자기 자리에 꼼짝 않고 앉아서 열심히 일하지만, 그러나 이따금씩 남자를 곁눈질로 힐끗 쳐다 보는 여유를 갖는다.

옷장이나 책장 등 아무것도 없는, 그녀와 같은 봉제집에서 일하는 오직 한 명 뿐인 파트너를 바라보는 것 — 이 경우엔 전혀 다른 설명이 필요없다. 그녀는 아무것도 갖고 있지 않으나, 그녀 안에서 그 남자는 전 세계를 소유한 존재이기 때문이다.

그렇다면 가장 불행한 사람은 누구일까?
열여섯 살 나이를 〈여름처럼〉 사는 처녀와는 정반대로 스물다섯을 〈겨울처럼〉 사는 부유한 청년이다.

한 사람은 열여섯을 〈여름〉으로 살고, 다른 한 사람은 열여섯을 〈겨울〉로 살 때, 그들의 나이가 똑같다고 할 수 있을까. 아니다. 어찌 같다고 할 수 있는가. 그들은 분명 다른 시간을 살고 있다.

희귀한 새 갑기

☞ 희망에 대한 지나친 몰입은 어떤 결과를 낳을까?

어떤 기사(騎士)가 길을 가다가 뜻밖에 매우 희귀한 새 한 마리를 발견했다. 새는 아주 가까이 있었기 때문에, 기사는 처음에는 새를 손쉽게 잡을 수 있다고 생각했다. 그러나 기사가 다가가자 새는 좀더 멀리 날아 갔다. 다시 다가가면 더 멀리 날아 가고…. 결국 새를 좇으면서 날은 저물어 밤이 되었고, 기사는 일행으로부터 너무 멀리 떨어져 제 길을 찾을 수 없게 되었다.

이 이야기는 〈희망〉을 갈망한 나머지 자기 자신마저 잃어버린 자를 비유한 이야기이다.

그는 가능성을 추구한 나머지, 자기 자신의 필연성조차 돌아보지 않고 한 걸음 한 걸음 나가다가 마침내 자기 자신마저 찾을 수 없게 된 것이다.

〈우울〉에 빠져 절망하는 경우에도 마찬가지이다. 방향은 반대이지만, 같은 일이 일어난다. 인간은 〈불안의 가능성〉에 유혹당하여 자기 자신으로부터 점점 멀어지고, 끝내는 불안 가운데서 절망하거나 스스로 목숨을 끊고 만다.

순례자의 고민

☞ 잘못된 토대 위에서 진행된
「결정적 행동」을 무엇에 비유할까?

앞으로 두 걸음 나아가고 한 걸음 물러서면서, 10년 동안 방랑해온 순례자가 있다. 그 순례자가 마침내 성지(聖地)가 바라다 보이는 곳까지 왔다.

그런데 사람들로부터 그곳은 성지가 아니라는 말을 들었다면 어떻게 할까. 아마도 「아, 그래요」 하며 더 걸을 것이다.

그러나 만일 사람들로부터 「여기가 바로 성지요. 하지만 당신이 기쁜 마음으로 천국에 들어 가려면 이런 식의 순례는 집어 치우시오. 여태껏 당신이 걸어온 방향은 완전히 틀렸소」 라는 말을 들었다고 하면, 10년 동안 혼신의 노력으로 순례길을 걸어 왔던 이 사람은 어찌하랴.

지하실에 사는 사람

☞ 우리의 끊임없는 「정신적 자기부정」을
무엇에 비유할 것인가?

지하실과 2층으로 된 집이 있었다. 각 층마다 층 단위로 세를 놓는데, 그것으로 세입자들의 등급을 매겨 보고자 배치해 놓은 집이라고 생각해 보자. 또 그같은 집과 인간의 존재 경향을 비교해 본다고 하자.

불행하게도 인간의 딱하고 우스꽝스런 상황은 이 집의 배치와 같다. 그들은 진짜 자기 집이면서도 지하실에서 지내기를 더 좋아한다.

모든 인간은 정신과 육체의 종합으로서의 유기체이지만, 정신적인 것을 지향하도록 만들어져 있다. 그러나 사람들은 건물의 지하실, 즉 감각적으로 〈한정〉된 곳에서 사는 것을 더 좋아한다.

뿐만 아니라, 만일 누군가가 텅 비어 있는 더 좋은 층에서 살라고 제안한다면, 화를 낼 만큼 지하실을 좋아한다. 사람은 그 자신의 집(땅속)에서 살고 있기 때문이다.

어린 소녀의 실연

☞ 절망은 쓸모없이 소모적인 것인가?

어린 소녀가 사랑 때문에 절망에 빠져 있었다. 어쩌면 그녀는 연인이 죽었기 때문에 절망에 빠졌을 수도 있고, 애인이 그녀를 배신했기 때문에 절망할 수도 있다.

그런데 이 절망은 바깥에 드러나는 것이 아니다. 그녀는 바로 그녀 자신에 대해 절망하고 있는 것이다. 이것은 곧 그녀의 〈자아(自我)〉이다.

만일 그녀가 애인으로부터 사랑을 받고 있었다면, 그녀는 기쁨으로 가득차 〈자아〉에서 벗어나 있거나, 그것을 잃어 버렸을 것이다. 그러나 애인이 없고 그녀 자신만이 홀로 남았다면, 이 〈자아〉는 그녀에게 있어서 하나의 고통이 된다.

결국 그녀가 그녀 자신으로 충만하게 되는 이 〈자아〉는 (다른 의미에서 보면, 절망에 빠져 있다는 뜻도 되기도 하지만) 지금 그녀에게는 견딜 수 없는 공허한 셈이다. 왜냐하면, 연인이 죽었기 때문에, 혹은 한없이 밉거나, 그녀가 배신당했던 일들이 떠오르기 때문에.

이같은 상태에 있는 소녀에게 다음과 같이 말해 보라.

「당신은 당신 자신을 소모하고 있습니다.」

그러면 그녀에게서 이런 답변을 들을 수 있을 것이다.

「아, 아니에요. 그렇게 할 수 없는 것이 고통이에요.」

자기 자신에게 절망하는 것, 그래서 절망하는 가운데 〈자아〉로부티 벗어나려 하는 것, 이것이 바로 모든 절망의 전형적 모습이다.

단 하나의 선택

☞ 모든 소망들 중에서 어느 것이 으뜸인가?

이상한 일이 일어났다. 내가 제7의 천국으로 들어 간 것이다. 그 곳에는 모든 신들이 모여 앉아 있었다. 특별한 은총으로, 나는 한 가지의 소망을 말할 수 있는 특권을 부여받았다. 머큐리 신이 물어 왔다.

「당신은 젊음, 아름다움, 권력, 장수, 미녀, 그렇지 않으면 우리가 이 상자 속에 갖고 있는 그밖의 다른 영광들 중에서 어떤 것을 가지고 싶소. 말하시오. 하지만 단 하나만 선택할 수 있을 뿐이오.」

잠시 동안, 나는 어쩔 줄 몰랐다. 그리고 이렇게 말했다.

「거룩한 신들이여, 저는 늘 웃음과 함께 지낼 수 있도록 이 물건을 고르겠습니다.」

그런데 신들 가운데 어느 누구도 대꾸를 하지 않았다. 오히려 그들 모두 웃기 시작했다. 나는 그 웃음이 나의 소망을 받아들이는 것이라고 판단했다. 그리고는 〈신들은 품위 있게 스스로를 표현하는 법을 알고 있구나〉 생각했다. 왜냐하면, 신들이 엄숙하게 「그대의 소망은 이루어졌소」라고 답한다면, 별로 어울리지 않았을 것이기 때문이다.

☞ 제7의 천국 : 신과 천사들이 사는 가장 높은 천국
☞ 머큐리신 : 로마신화에 나오는 신들의 사자

난장이의 요술구두

☞ 행복을 붙잡는 것은 왜 그토록 어려운가?

대부분의 사람들은 기쁨을 얻기에 너무 성급해서 실제로 다가오는 행복을 허둥지둥 지나쳐 버리곤 한다. 난장이가 자신의 성으로 잡혀 온 공주를 감시하듯, 사람들은 그렇게 살아 간다.

어느 날, 난장이가 잠을 잤는데, 한 시간 후에 깨어 보니 공주가 달아나 버렸다. 난장이는 재빨리 요술구두를 신고 한 걸음 성큼 뛰었는데, 그만 공주가 있는 곳을 훨씬 지나쳐 버리고 말았다.

끝없는 시가행진

☞ 끝없는 반성을 무엇에 비유할까 ?

　반성이란 유명한 토텐스키올드의 열병(閱兵)과 같다.
　토텐스키올드의 열병에서는 몇 명 되지 않는 군대를 여
러 차례 행진에 되풀이 사용하여 엄청나게 많은 수비대가
있는 것처럼 위장했었다. 사열대 앞을 한 번 지나간 군대가
사잇길로 다시 돌아와, 다른 유니폼으로 갈아 입고 또다시
열병식에 참가했던 것이다.

☞ 토텐스키올드(1691~1720) : 스웨덴 군대를 속인 노르웨이-덴마크
의 민족적 영웅

작은 단추

☞ 윤리적인 행동은 항상 원칙에 따라 행하여지는가?

한 남자가 다만 편리하고자 속주머니에 작은 단추 하나를 달고 다닌다면, 이는 별로 중요한 일이 아닐 수 있다. 그러나 나름대로 어떤 〈원칙〉에 따라 단추 하나를 달고 다닌다면, 이것은 매우 중요한 의미를 갖게 된다.

하나의 사회가 형성되는 것도 이와 흡사하다.

어떤 사람들은 〈원칙〉에 따라 사창가를 즐겨 찾으면서(건강한 작가들에 의해 사창가를 주제로 하여 쓰여진 작품은 매우 많다), 바로 그 시대에 가장 필요로 하는 새로운 찬송가 책의 발행을 도울 수도 있다.

그러나 찬송가 책을 펴내는 일에 도움을 주었다고 해서 그가 찬송가를 즐겨 부른다고 결론지을 수 없는 것처럼, 사창가를 즐겨 찾는다고 해서 그가 타락해 가고 있다고 단정할 수 없다.

그대와 양심은 하나이다.
양심은 그대가 아는 모든 것을 알고 있고
양심은 그대가 양심을 아는 것도 알고 있다.

바쁜 철학자

☞ 어떤 사회가 전쟁과 같은 위급 상황에 처했을 때
철학자가 할 일은 무엇인가?

필립 시(도시국가)가 코린트 시를 포위하고 침공하겠다
면서 위협했을 때의 일이다. 코린트 시의 모든 시민들은 황
급하게 방어 준비를 서둘렀다.

어떤 사람들은 무기를 닦았고, 어떤 사람들은 돌을 주워
오고, 어떤 사람들은 성벽을 보수했다.

이 모든 것을 둘러 본 철학자 디오게네스는 황급히 그의
외투를 벗어 던지고는 그의 통을 이 거리에서 저 거리로 열
심히 굴리기 시작했다. 사람들은 디오게네스의 이러한 행
동을 보고는 왜 그러느냐고 물었다. 이때, 디오게네스는 답
했다.

「다른 모든 시민들처럼 나도 바쁘기를 원한다네. 이 많은
부지런한 시민들 가운데 유독 나만이 게으른 사람이 되지
않으려고 이렇게 통을 열심히 굴리고 있지.」

☞ 디오게네스(412 ? ~323 BC) : 고대 그리스의 철학자. 일정한 거처없
이 통을 굴리고 다니며 그 속에서 기거했다. 알렉산더 대왕이 그를 만나
무엇을 도와줄까 물었을 때, 당신이 햇빛을 가리우니 좀 비켜달라고 대답
했다는 일화는 유명하다.

살얼음 위의 보석

☞ 현대의 객관적인 방관자적 태도와
참여의 정열이 넘치는 시대가 갖는 차이점은 무엇인가?

모든 사람이 갖고 싶어하는 보석이 살얼음 낀 연못 한 가운데에 놓여 있다. 멀리서 보면 죽음의 위험이 있으나, 가까이 가서 보면 얼음이 두꺼워 매우 안전하다고 가정해 보자.

정열이 있는 시대라면, 사람들은 보석을 얻으려는 모험을 감행하려는 사람의 용기에 박수를 보내고, 그가 결정적으로 위험한 지경에 빠지지나 않을까 걱정할 것이다. 혹시 실수하여 연못에 빠진다면 슬퍼할 것이지만, 성공하여 보석을 손에 넣는다면 그를 신격화 할 것이다.

그러나 정열이 없는 시대, 행동보다 생각이 앞서는 시대라면 사정은 달라진다. 사람들은 서로 자기 자신만이 지혜롭다고 생각하여, 그같은 모험은 무모할 뿐더러, 할 필요성조차 없다고 생각하는 데 견해를 같이 할 것이다.

그들은 〈대담성과 정열〉을 〈기술과 재치〉로 바꾸어 놓은 것이다. 그들에게는 무슨 일이든지 간에 일을 실행하기 위해서는 무엇보다도 〈틀림없이 성공할 수 있다〉는 보장책이 먼저 마련되어 있어야 한다.

(앞서 예를 든 〈살얼음 위의 보석〉의 경우) 그들은 일단 안전하다고 생각되는 곳을 관찰하고 거의 끝까지, 즉 얼음의 두께가 두꺼워 아직은 위험이 없다고 판단되는 곳까지 갔다가 되돌아올 수 있는 숙련된 스케이터부터 찾는다.

그러나 가장 숙련된 스케이터가 예정 지점보다 더 멀리 나가서 위험하게 얼음 위를 지치면, 마음을 죄면서 이렇게 외친다.

「맙소사! 미쳤군. 그만한 일에 목숨을 걸다니.」

비평자료의 한계

☞ 원문에 대한 비평과
비평에 대한 기본적 책임 사이에 다른 점은 무엇인가?

하나의 국가가 있다고 가상해 보자.

왕이 내리는 명령은 관리들이나 신하들, 다시 말해서 모든 국민들에게 엄청난 변화를 가져오게 한다. 이때, 모든 국민은 저마다 왕의 명령에 대한 해석자가 된다.

날이면 날마다 즐겁게, 그리고 전날의 것보다 더 고상한 해석이 백출한다. 보다 예리하고, 보다 우아하고, 보다 심오하고, 보다 독창적이며, 보다 놀랍고, 보다 매력적인 해석이 쏟아져 나온다.

전체를 조감하는 비평이 이처럼 비범한 문학적 안목을 성취하기란 어렵다. 물론 비평 그 자체가 이룩한 것이 너무 장황하여 비평의 조감적(鳥瞰的) 기능을 거의 성취할 수 없는 하나의 문학작품처럼 되어 버린 경우도 있다.

중요한 것은 해석이 이루어지면서 동시에, (원 명령의 뜻이) 변질되는 것을 골라내는 안목이다. 해석하는 데에만 분망했다가 정말 심각한 문제를 야기시키는 예는 얼마든지 있다.

여기서 왕은 인간적인 왕이 아니었다고 가정해 보자.

왜냐 하면 인간적인 왕이라고 하면, 관리들과 신하들이 왕 자신을 우롱하고 있음을 충분히 파악하고 있다 할지라도 굴복할 수밖에 없기 때문이다. 더욱이 관리들과 신하들의 연합전선에 부딪혔을 때, 그래서 사악한 놀이에 강제로 만족한 얼굴 표정을 지어야 한다면, 그리고 이 모든 것이 필연적인 것처럼 보이게 되었을 때, 가장 우수한 해석자는 귀족의 자리에 오르게 될 것이고, 가장 예리한 해석자는 작위를 받게 될 것이다.

그러나 왕이 전능한 사람이어서 모든 관리들과 신하들이 속이려고 장난질쳐도 전혀 난처해 하지 않는다고 가정해 보자. 당신은 전능한 왕이 관리들의 장난을 보고는 어떻게 생각할 것으로 상상하는가?

왕은 분명히 이렇게 말할 것이다.

「그들이 나의 명령을 따르지 않는 것은 용서할 수도 있다. 더 나아가 그들이 한마음으로 간청하면, 어쩌면 그들이 감당하기 너무 벅찬 이 명령을 취소할 수도 있을 것이다. 그러나 가장 중요한 내용을 결정하는 관점을 완전히 바꾸어 놓는 해석은 결코 용서할 수 없다.」

창녀가 될 권리

☞ 희극이란 무엇인가?

어떤 여자가 자신을 창녀(공공매춘부)가 될 수 있게 허락해 달라고 한다면, 이는 참으로 우스운 일이 아닐 수 없다. 사회적으로 존경받을 만한 위치가 되는 것이 어렵다는 사실은 누구나 다 알고 있는 바이지만, 비난받을 위치가 되는 것을 거절 당하는 것은 〈모순〉이다.

〈예를 들어, 어떤 사람이 사냥개 주인이 되겠다는 요청을 받고 허락하기를 거부한다면 이것은 우스꽝스럽다.〉

그렇다고 해서, 그녀가 창녀가 되는 것을 허락받았다고 한다면 이 또한 우스꽝스런 일이다. 하지만, 이 경우의 〈모순〉은 다르다. 왜냐 하면, 법적인 권위는 힘을 나타내 보일 때 정확하게 그 무게를 갖기 때문이다. 즉, 허용할 수도 있는 힘과 허용하지 않을 수도 있는 권위 말이다.

얼어붙은 판토마임

☞ 영원과 순간은 어떤 관계인가?

「이 세상은 눈 깜짝할 순간에 지나가 버릴 것」이라고 바울은 말했다. 바울은 그렇게 말함으로써 〈순간〉을 〈영원〉에 비유했다. 왜냐 하면 부서지는 순간은 곧 순간적인 영원과 같은 표현이기 때문이다.

옛날에 코펜하겐에 연극 배우 두 명이 있었다. 두 사람은 자신들이 출연하는 연극에서 심오하고 깊은 뜻이 발견되리라고는 전혀 생각하지 못하고 있었다.

어느 날, 두 사람은 무대 위로 나가, 서로 마주 보고 서서는 격정적으로 싸우는 장면의 판토마임을 시작했다. 판토마임이 너무나 진지한지라 관객들은 숨을 죽인 채 장면 하나 하나에 신경을 곤두세우며 바라보았다. 그런데 어느 순간, 판토마임을 하던 두 사람이 돌연 행동을 멈추었다. 마치 판토마임으로 순간을 표현하다가 돌처럼 굳어진 것처럼 꼼짝하지 않은채 서 있었던 것이다.

이것은 매우 우스운 결과를 낳았다. 왜냐 하면 〈순간〉이 우연하게 〈영원〉으로 대치되었기 때문이다.

조각 작품이 가져오는 효과는 〈영원〉의 표현을 영원하게 그대로 표현하는 데 있다면, 희극이 주는 효과는 이와 달리 순간적인 사건의 표현을 영원화(永遠化) 하는 데 있다.

어리석은 현자

☞ 어떤 이념을 전제로 하여 세운 이론체계에서
　그 전제가 무너진다면 어떻게 될까?

고담이란 도시의 현자(賢者)들에 관한 이야기이다.

어느 날, 현자들은 줄기가 물 위로 기울어져 가지를 늘어뜨린 나무를 보고는, 나무가 몹시 목마른 모양이라고 생각했다. 그래서 그들은 그 나무를 도와주기로 했다.

한 사람이 나무 줄기를 두 손으로 꽉 붙잡았고, 다른 사람들은 그 사람의 두 다리를 붙잡았다. 일종의 인간 사슬을 형성하여 나뭇가지 끝으로 내려 갔다. 물론 첫 번째 사람이 나무를 단단히 붙잡고 있다는 전제 아래 한마음으로 뭉친 작업이었다.

그런데 첫 번째 사람이 나무를 좀더 꽉 붙잡겠다는 생각에서 손을 고쳐잡다가 그만 나무를 놓치고 말았다. 그 다음은 어떻게 되었을까? 말할 필요도 없이 모두 물 속으로 빠지고 말았다. 전제가 무너졌기 때문이다.

인기 관리

☞ 대중들은 비범함을 어떻게 판단하는가?

생각을 특별히 깊게 하지 않으면서, 또 열심히 노력하지도 않는 어느 글쟁이가 아주 오랫만에 표지 장정을 요란하게 꾸민 비망록 한 권을 출간했다고 가정해 보자. 그 책의 겉모습은 퍽 고상하고 우아했으나, 놀랍게도 속에는 여러 페이지가 아무 것도 적혀 있지 않은 백지였다.

대중들은 우선 겉치레가 요란한 표지 장정에 놀라움과 경탄을 금치 못할 것이다. 그리고 이렇게 생각할 것이다.

〈이 책은 집필하는 데 아주 오랜 시간이 걸렸으므로, 그리고 한 페이지에 몇 자밖에 씌여져 있지 않으므로, 결코 예사로운 책이 아니다〉라고.

반대로 매우 많은 작품을 집필한 작가를 상정해 보자.

이 작가는 겉치레나 기만(欺瞞)으로 이익을 얻으려 생각하지 않는 대신, 대단히 부지런하게 노력하여 남달리 빠른 속도로 글을 쓸 수 있게 되었다. 그러나 대중들은 상투적으로 다음과 같이 생각할 지 모른다. 즉, 〈적당히 작품을 쓰는 작가〉임에 틀림없다고.

그 옛날에 베를린 궁전의 수석목사 자리를 탐낸, 남달리 뛰어난 재능을 가진 테라민이란 목사가 있었다고 가정해 보자. 그는 반드시 여덟 번째가 아니면, 열두 번째 일요일에만 설교를 한다.

지존한 왕과 왕실 가족 앞이라고 해서 예외가 아니다. 상대가 누구이건 간에, 그는 항상 그렇게 했다. 솔직하게 말해서 궁중 수석목사가 되기 위한 그의 사기극이 시작된 것이다.

당시, 그는 이미 너무나 유명한 인물이 되어 있었기에 현재의 위치로도 충분했었다. 그러나 그는 기어이 수석 궁중 목사가 되었고, 얼마 후에는 대교구장의 지위에까지 올랐다. 이제 일반인으로서는 일 년에 겨우 몇 번밖에 그를 볼 수 없었다.

사람들은 어쩌다가 한 번 그의 설교를 듣고 나면, 매우 깊은 감동을 받았다고 앞을 다투어 이야기했다. 그들의 지혜로는 이렇게 생각할 것이 틀림없을 것이다.

〈저 정도로 설교하려면 준비하고 메모하는 데에, 적어도 석 달은 걸릴 거야. 이것은 예사로운 설교가 아니야.〉

　오랫동안 기다렸던 여덟 번째 혹은 열두 번째 일요일을 맞을 때마다, 호기심에 가득찬 군중들이 몰려 왔다. 너무나 많이 몰려 왔기 때문에 수석 궁중목사는 단상으로 비집고 들어 가기조차 어려울 정도가 되었다.

　만일 그가 일 년에 단 한 번만 설교한다고 할 경우, 군중들은 더욱 많아질 것이며, 이 수석 궁중목사는 거의 빠져 나갈 수 없는 상태가 되어 경찰이나 무장한 수위들의 도움을 받아야만 할 것이다. 그리고 혹 군중들이 너무 몰려들어 누군가 깔려 밟혀 죽기라도 한다면, 그 다음에는 더 많은 군중들이 몰려 올 것이 틀림없다.

　설교는 〈진리〉에 관한 것이기도 하지만, 〈호기심〉에 관한 것이기도 하다.

☞ 테라민(1780~1846) : 독일의 목사. 궁정 설교사이며 베를린대학의 신학교수이기도 했다.

행복한 화재

☞ 이 시대를 경고하는 사람에게
무슨 일이 일어날까?

극장 무대 뒤편에서 불이 났다. 한 희극 배우가 무대 위
로 뛰어 나오면서 불이 났다고 소리쳤다. 관객들은 그들을
웃기기 위한 익살인줄 알고 열렬히 박수를 쳤다.
희극 배우는 불이 났다고 계속 외쳐 댔다. 관객들은 더
크게 박수갈채를 보냈다.

나는 이렇게 생각해 본다. 세상은 이같이 농담을 좋아하
는 사람들의 박수갈채 속에 종말에 이를 것이다. 그들은
〈진실〉을 웃음거리 정도로밖에 믿고 있지 않으니까.

제자와 스승

☞ 진정한 제자는 무슨 일을 하나 ?

「앞으로 더 나가야 한다. 보다 발전시켜야 한다.」
　요즘 세상에서는, 앞으로만 전진하고자 하는 충동은 낡
은 것이 되어 버렸다.

애매한 철학자 헤라클리투스는 자신의 사상을 글로 기록한 다음, 여신(女神)이 있는 다이아나 사원에 보관하여 두었다. 왜냐 하면 그의 사상은 생전에 그 자신을 지켜준 갑주(甲胄)였기 때문이다. 그는 그 글에서 이렇게 말했다.

「사람은 같은 개울을 두 번 건널 수 없다.」

그에게는 제자 한 사람이 있었다. 제자는 스승의 이론에 한 술 더 떠 「사람은 한 개울을 한 번조차도 건널 수 없다」고 덧붙였다. 가엾은 헤라클리투스여, 그런 제자를 두다니.

제자의 이같은 수정 작업에 의해 헤라클리투스의 명제는 달라지고 말았다. 운동(運動)을 부정하는 엘리아 학파의 명제로 바뀐 것이다.

그러나 이 헤라클리투스의 제자는 실제에 있어서는 스승의 제자가 되기만을 무척이나 갈망하고 있었다. 스승의 이론에서 한 걸음 나아가 ― 헤라클리투스 사상의 제자리로 돌아오기를 포기하면서도 말이다.

☞ 헤라클리투스(Heraclitus, 544~484 BC) : 고대 그리스의 철학자. 만물의 본질을 「운동과 변화」로 보는 밀레이토스 학파의 대표적 철학자.
☞ 엘리아 학파 : 만물의 본질을 존재(있는 것 : 有)로 본 고대 그리스의 철학파. 그 창시자는 파르메니데스이다. 이 학파의 이론은 극단적으로 흘러 모든 운동과 변화를 부정하기에 이른다.

이젠 대답해야 할 때

☞ 종교란 무엇인가?

그리스의 어느 철학자는 〈종교란 무엇인가〉에 대한 질문을 받았을 때, 생각할 시간을 달라고 요청했다. 요구한 시간이 지나자, 그는 다시 연기해 줄 것을 요청했다.

철학자는 이런 식으로 답변을 거듭거듭 연기하여, 이 질문은 답변할 수 있는 성질의 것이 아니라는 것을 상징적으로 나타내고자 했던 것이다. 이것이 바로 훌륭하고 뛰어난 그리스 정신이다.

그러나 철학자 스스로 갈등이 있었다면, 이 질문에 대해 너무 오랫동안 대답하지 않은 상태로 남아 왔다는 점이다. 이제는 답변해야 할 시점에 가까이 온 것 같다는 생각이 들었다.

하지만 이것은 오해에 불과하다. 그것은 마치 오랫동안 채무 상태에 있다고 해서 빚이 갚아지지 않는 것과 같다.

저널리스트는 인화물질

☞ 무슨 일이든지 즉흥적인 견해를 갖는
저널리즘의 「여론 행상꾼」을 무엇에 비유할까?

(모든 일에 대해서 즉각적이고도 즉흥적으로 생각하는
저널리즘의 〈여론 행상꾼〉은) 묶음으로 파는 성냥에 비유하
는 것이 가장 적절할 것 같다.

머리에 인화성 물질(어떤 제안이나 암시)이 붙어 있는 저
술가를 성냥개피 그어대듯이 신문 위에 치면 서너 개의 컬
럼이 나온다.

확실히 저널리즘의 저술가는 인화성 물질이 달린 성냥과
결정적으로 닮은 데가 있다. 자극하면 폭발한다는 점에서.

가슴과 입술

☞ 시인이란 어떤 존재인가 ?

시인이란 어떤 사람인가. 가슴에 깊은 고뇌를 안고 살아 가는 불행한 사람이다. 그러나 시인의 입술은 너무나 아름다워, 신음이나 절규조차 황홀한 음악으로 변하고 만다.

시인의 운명은 폭군 팔라리스가 놋쇠로 만든 황소 속에 가두어 둔 희생 제물과도 같다. 제물은 뜨거운 불 위에서 천천히 고통을 당하며 죽어 간다. 폭군의 가슴에 공포심을 주고자 울부짖는 그들의 절규가 폭군의 귀에 들릴 리 없다. 어쩌면 그들의 절규는 폭군의 귀에 달콤한 음악으로 들릴지 모른다.

사람들은 시인을 둘러싼 채 말한다.
「우리를 위해 다시 한번 노래를 불러 보시오.」
이 말은 마치 이렇게 말하는 것과 같다.
「새로운 고통이 당신의 영혼을 괴롭히기를 바라노라. 그러나 당신의 입술은 예전처럼 아름답기를 바라노라. 울부짖음은 우리를 고민하게 할 지 모르지만, 음악 자체는 더 없이 기쁘고 즐겁노라.」

비평가들이 앞으로 나서면서 말한다.

「아주 훌륭해. 미학의 법칙에 완벽하게 일치하는군.」

이제 비평가는 시인과 한 치도 다를 바 없다는 것을 알았을 것이다. 그러나 비평가의 가슴에는 고통이 없으며, 입술에는 노래가 없다.

나는 당신들에게 말하노라.

〈사람들이 이해하지 못하는 시인이 되기보다 돼지들이 이해하는 양돈업자가 되기를 원한다〉고.

☞ 팔라리스 : 지중해 시실리섬의 아그리겐토를 다스렸던 폭군. 기원전 570년부터 554년까지 16년 간 통치했다.

프랑스 정치인들

☞ 책임없이 권력을 가질 수 있을까?

내각 수상직을 맡아달라는 제의를 두번 째로 받았을 때, 모든 책임을 국무장관이 진다는 조건이라면 수락하겠다고 선언했던 프랑스 정치인을, 우리는 생생하게 기억하고 있다. 당시 (루이 필립)왕은 정치적으로 책임이 없었으며 각료들이 모든 책임을 지게 되어 있었다는 사실은 잘 알려져 있다.

그러나 책임을 지고 싶어하는 각료는 한 사람도 없었다. 그들은 다만 국무장관이 책임을 진다는 단서 아래 각료가 되겠다는 것이었다.

이런 식으로 하다 보면, 자연히 경비원이나 도로 관리자 등 말단 공무원이 책임질 수밖에 없는 막다른 결과를 초래하게 된다. 이러한 책임 회피의 이야기는 아리스토파네스에게 썩 좋은 주제가 되지 않을까?

☞ 아리스토파네스(448~386 BC) : 아테네(그리스)의 희극 작가

평생교육

☞ 인간의 정신교육에
얼마만큼 시간을 들이는 것이 타당할까?

가장 낮은 하등 동물은 대체로 태어나는 순간과 죽는 순간이 거의 일치한다. 또 자라는 속도가 매우 빠르다. 인간은 창조된 모든 동물들 중에서 성장이 가장 느린 동물이다. 때문에 식견이 있는 사람으로 하여금 인간이 가장 고상한 고등 피조물이라는 믿음을 확고히 갖게 한다.

우리는 교육에 관해서도 똑같이 말한다. 단지 하찮은 일만 하도록 정해져 있는 사람은 짧은 기간 학교를 다니지만, 보다 차원이 높은 일을 하도록 예정되어 있는 사람은 오랫동안 학교를 다녀야 한다고.

학교 교육을 받는 기간이 긴가 짧은가 하는 것은 필연적으로 그 사람의 장래 위치의 중요성과 직접적인 관련을 갖게 된다.

그러므로 만일 고생스런 학교 교육이 평생 동안 지속된다면, 이는 어디까지나 학교 교육이 가장 고귀한 것을 위한 훈련이어야 한다는 점을 증명하는 것이다. 그리고 학교는 〈영원한 것〉을 가르치는 유일한 곳이어야 하며, 그 외의 다른 것을 위해 그토록 오랫동안 교육을 지속하는 것이 아니라는 사실을 입증해 줄 뿐이다.

〈인간이란 평생 동안 학교에 다녀야 한다〉고, 속세의 지혜로운 사람이 생각한다면, 학습자는 당연히 참을성을 잃어버리고 다음과 같이 말할 것이다.

「언제쯤 되어야만 내가 이 학교에서 배운 것으로부터 이득을 얻을 수 있을까?」

오직 〈영원(永遠)〉만이 학습자로 하여금 그의 전 생애를 배움에 바치는 것을 정당화할 수 있다. 그리고 만일 〈영원〉이 학교 교육을 유지시키는 것이라면, 그것은 가장 뛰어난 교육이 되어야 하는데, 가장 뛰어난 교육이란 분명 가장 오래 지속되는 교육이다.

교사는 대체로 아직도 교육 기간이 길다고 생각하는 학생들에게 이렇게 말한다. 「너무 조급히 굴지 말아라. 네 앞에는 기나긴 인생이 놓여 있다.」

〈영원〉 또한 논리적이고 신빙성 있게 오랜 배움을 견디고 있는 사람들에게 다음과 같이 말한다. 「조금만 기다려라. 조급해 하지 말라. 진정으로 시간은 많다. 너도 알다시피 영원이란 것은 있다.」

신부와 고해자

☞ 역사와 철학의 관계는 무엇일까 ?

철학과 역사의 관계는 신부와 고해자와의 관계와 같다. 철학은 신부처럼 유연한 마음을 지녀야 하며, 고해자의 비밀에 귀를 기울여야 한다.

그러나 고해자의 고백을 다 듣고 난 다음, 그 고해 사실이 신부 자신에게 객관적으로 드러날 수 있도록 해야 한다.

고해자가 자신의 삶에서 일어났던 운명적 사건들을 연대순으로 줄줄 외는 것처럼, 역사는 인류의 다양하고 풍성한 삶을 정열의 목소리로 〈선언〉할 수 있어야 한다. 그러나 〈설명〉만은 철학의 몫으로 남겨두어야 한다.

돈 내기 게임

☞ 현대인의 영웅적 행동 속에
도덕적이고 정신적인 활력은 얼마나 남아 있나?

어느 날, 영국 신사 두 사람이 말을 타고 천천히 길을 가고 있었다. 돌연, 두 사람 앞에 마구 달리는 말 위에서 떨어질 듯 위험에 처해, 도와달라고 소리치는 사람이 있었다.

이때, 한 영국인이 친구를 쳐다 보며 말했다.

「저 사람은 분명 말에서 떨어지고 말 걸세. 우리 내기를 하지. 나는 저 사람이 떨어진다는 데 1백 기니를 걸겠네.」

「좋아. 나는 떨어지지 않는다고 생각하네.」

두 사람은 말을 몰아 위험에 처한 사람 앞으로 달려 갔다. 그리고 (두 사람의 내기 게임에 장애가 되는) 차단기를 서둘러 열어 장애물을 제거했다.

사려깊고 감수성 있는 우리 세대는, 비록 이와 같은 대담성이나 백만장자다운 심술은 없을지라도, 호기심 많고 비판하기 좋아하며 세상 물정에 밝은, 기꺼해야 돈 내기나 할 정도의 정열 정도를 가진 사람과 같다.

환상 혁명

☞ 우리가 살고 있는 이 시대에서
혁명은 실제인가 환상인가?

혁명적 시대란 행동하는 시대이다. 그러나 우리가 살고 있는 이 시대는 〈광고와 선전의 시대〉이다. 그 어느 곳이든 직접적인 광고 외에는 어떠한 일도 일어나지 않는다. 그야말로 〈혁명〉이란 생각조차 할 수 없다. 물리적 힘의 노출은 우리 시대의 치밀한 지성 앞에서 웃음거리가 되고 만다.

반면에 정치 예술의 대가는 괄목할 만한 솜씨를 나타낼 수 있다. 그는 〈혁명〉을 결심할 수 있도록 암시하는 성명서를 써서 의회에 보낼 수도 있다.

이 성명서는 어느 검열관이라고 해도 통과시키지 않을 수 없을 만큼 충분히 사려깊게 쓰여진다. 그래서 그는 회의 참석자들이 조용히 집으로 돌아간 후에 의회에서 〈혁명〉이 일어난 것과 같은 느낌을 자아낼 수 있도록 할 수 있다. 그들이 오늘 저녁에는 아주 보람있는 시간을 보냈다고 생각할 만큼.

경찰관의 자기만족

☞ 권위란 어떤 것인가?

인간은 고통을 많이 받으면 받을수록 〈희극적 감각〉이 보다 풍부해진다고 생각한다.

어떤 사람이 이 희극적 감각을 이용하여 〈진정한 권위〉를 얻고자 한다면, 그것은 오직 고통에 의한 산물일 따름이다. 그리고 그 권위는 요술처럼 말 한 마디에 따라 분별있는 인물이 우스꽝스런 인물로 바뀌는 것과 같다.

또 그 권위는, 경찰관이 범죄 용의자를 취조하면서 함부로 곤봉을 휘두르며, 용의자로 하여금 말대꾸하거나 길거리에서 항의하는 것을 허용하지 않는 것과도 같다.

물론 곤봉으로 매를 맞은 용의자는 반발하며 저항할 것이다. 이때 용의자는 시민으로서는 존경받을 지 모르지만, 경찰관의 취조를 어렵게 만들 것은 분명하다. 그러면 경찰관은 곧바로 곤봉을 휘두르며 다음과 같이 경고할 것이다.

「입 다물어. 서 있지 말고 계속 움직여.」

이별의 타이밍

☞ 결론에 이르지 못하는 경우를 무엇에 비유할까?

성직자가 설교를 할 때, 이미 설교의 흐름을 파악하고 있는 사람이라면 「아멘」이란 말이 언제쯤 나올 것인가를 잘 알고 있다.

말할 내용의 요지를 몇 장으로 메모하여 설교하는 어느 성직자가 있었다. 어느 날, 이 성직자는 연단 앞에 놓인 메모지를 보면서 설교하다가 세 번째 쪽지에서 말을 더듬었다. 순간, 설교의 흐름을 익히 알고 있던 몇몇 사람들은 그가 곧 「아멘」이라고 말할 것으로 예상했다. 그러나 「아멘」이라고 덧붙여져야 할 시점인 데도, 설교는 계속되어 사람들을 당황하게 만들었다.

이 이야기는 설교가 시작되어 진행되더라도, 마지막에는 늘 「아멘」이란 말에 의해서만 그 끝을 알 수 있는, 예측이 가능한 사례이다.

단지 떠나기 거북하여 어느 집에 하루 종일 머무르면서 곤란해 하는 사람들을 알고 있다. 이들은 설교 단상에 올라가 「아멘」이라고 말할 타이밍을 잡지 못해 당황하다가 내려오는 성직자의 경우와 같다.

그러나 「아멘」이라고 말하고 마무리를 지어야 할 때 말을 계속하는 경우이든, 떠나야 할 때 떠나지 못하고 계속 머무르든 간에, 그것은 〈끝내야 할 때가 바로 시작〉이라는 부정적 사례임에는 마찬가지이다.

무례한 개

☞ 대중이란 어떤 존재인가?

대중을 하나의 특수한 인물로 가정해 본다면, 나는 로마 황제 가운데 한 사람을 떠올릴 것이다. 잘 먹어서 기름기 흐르는 얼굴, 그러나 권태로 고통 받으며, 유머와 위트 등 신의 선물만으로는 도저히 만족할 수 없기 때문에 오직 관능의 도취만을 추구하는 황제. 그러므로 그는 뭔가 변화를 얻기 위해 늘 방황하며, 불량하다기보다는 나태하며, 지배하려는 소극적 욕망을 갖는다.

고전을 읽어본 사람이라면, 누구나 시이저가 시간을 보내기 위해 얼마나 많은 일을 시도했는가를 잘 알고 있을 것이다.

똑같은 방법으로, 대중은 즐기기 위해 개를 기른다. 이같으 애완견은 문학작품 세계에서 자주 나타난다.

다른 사람들보다 매우 뛰어나고 위대하기까지 한 사람이 있다고 해도, 개로 하여금 그를 공격하게 한다면 장난은 시작된다. 개가 달려들어 물고, 야회복 뒷자락을 찢는 등 가능한 한 모든 고약한 버릇과 허물없는 행동이 허용된다. (이를 보던) 대중은 지쳐서야 개의 행동을 중단케 한다.

이 이야기는 대중이 어떻게 〈평등〉해지는가를 보여주는 단적인 예이다.

철학자들이 현실에 대해 하는 말이란
마치 세탁소 앞에 써 붙인
「헌옷을 가져 오면 세탁해 드립니다」는 말처럼
흔히 사람을 속인다.
그것은 세탁기를 살 손님을 끌기 위해
써 붙인 말에 불과하다.

연인의 편지

☞ 성서를 문학·역사적 연구의 대상으로
보는 데는 한계가 있는가?

사랑하는 이로부터 편지를 받은 사람에게는 당연히 편지가 소중할 것이다. 마찬가지로 당신에게 신(The God)의 말씀이 매우 소중하다. 사랑하는 사람이 편지를 읽는 것과 같이, 당신도 신의 말씀을 읽으며, 또 그 말씀은 당연히 읽혀져야 한다고 생각한다.

아마도 당신은 이렇게 말할 지 모른다. 「그렇게 해야겠지요. 하지만 성서가 외국어로 씌어 있어요.」

물론 성서를 원어로 읽는다는 것은 학식있는 사람에게만 보편적인 일이다. 하지만 당신이 꼭 성서를 읽기 원한다면 원어로 읽어야 한다.

그렇다면, 사랑하는 사람으로부터 온 편지가 이해할 수 없는 언어로 씌어져 있다고 가상해 보자. 그리고 그에게는 편지를 번역해 줄 사람이 아무도 없으며, 또 남의 도움을 받기 위해 제삼자를 자신의 비밀 속으로 끌어들이고 싶은 생각도 갖고 있지 않다고 하자.

이 경우에, 그가 해야 할 일은 무엇인가? 당연히 사전을 갖고서 편지를 번역하기 위해 단어를 찾는 일일 것이다.

128

　번역하는 동안, 친구 한 사람이 찾아 왔다고 하자. 친구
는 책상 위를 살펴보다가 편지를 발견하고는「오 ! 거기 앉
아서 애인으로부터 온 편지를 읽고 있었군」이라고 말할 것
이다. 이때, 그가 다음과 같이 대답한다.
　「정신 나갔니 ? 애인으로부터 온 편지를 읽고 있는 중이
라구 ? 천만의 말씀. 이 친구야. 나는 여기 앉아서 사전을
찾아 가며 번역하는 일에 시달리고 있는 중이야. 참을 수
없을 정도로 속이 끓어, 사전을 마루 바닥에 내동댕이쳤으
면 좋겠어.
　（읽고 있다니, 넌 나를 조롱하고 있어. 아니야, 번역을
다한 후에야 비로소 나는 애인으로부터 온 편지를 읽게 되
는 거야. 이건 전적으로 다른 일이란 말야.）
　이 바보야, 꺼져 버려 ! 너에게 보이고 싶지 않아. 넌 내
가 편지를 읽는다고 말함으로써 나와 애인을 모욕할 생각
이군 ! 하지만 기다려. 지금 말한 것은 농담일 뿐이야. 진
짜 내 마음은 네가 머물러 주었으면 좋겠어. 그러나 정말
시간이 없어. 아직 번역해야 할 것이 많아. 급하다구. 제발
화내지 말고 가. 그래야 일을 끝낼 수 있을 것 아닌가.」

사랑하는 사람은 사전을 갖고 읽는 것과, 진짜로 편지 읽는 것을 구분하고 있었다. 하지만 그는 사전을 찾으면서 점점 성급해져, 피가 머리 끝까지 솟구치는 것을 느꼈다.

특히 그는 친구가 편지를 이런 식으로 읽는다고 말한 것에 대해 화가 났다. 마침내, 그는 이처럼 학식이 필요한 준비 작업은 필요악(必要惡)이라는 생각까지 들었다.

편지에는 감정의 표현뿐만 아니라 상대방이 무엇을 해주기를 바라는 소망이 담겨져 있었다고 하자. 그런데 그 무엇을 하기에 망설여지는 이유가 충분히 있다고 가정해 보자. 물론 사랑하는 사람은 그 소망을 들어주고자 전심전력을 다 했다고 하지. 그리고 어느 날, 두 사람이 만났다고 생각해 보자.

여자가 말하기를, 「그걸 요구했던 게 아니에요. 오해하시지 않았다면, 잘못 해석하셨군요.」 이 경우, 사랑하는 사람은 몇 권의 사전을 더 참고하여 올바르게 해석함으로써 상황을 해결할 것으로 생각하는가, 아니면 오해한 데 대해 유감스럽다고 생각할 것인가?

학생의 경우를 보자.

그는 총명하고 부지런한 학생이다. 선생님이 다음날 공부할 내용을 말하면서, 「내일 만나요. 공부는 잘 되겠지요」라고 말했다. 이 말은 학생에게 깊은 인상을 주었다. 학생은 학교에서 돌아오자마자 공부하기 시작했다. 그런데 이 학생은 어디까지 공부해야 좋을 지를 몰랐다.

어떻게 할까? 다음 날 알았지만, 그는 공부해야 할 분량의 두 배 가까이를 예습했다. 정해진 양의 두 배를 공부했다고 해서 선생님이 그 학생에게 실망했을까.

다른 학생을 생각해 보자.

이 학생 역시 선생님의 말씀을 들었고, 어디까지 공부해야 할 지 몰랐다. 학생은 「우선 어디까지 공부해야 할 지 알아야 하겠는데…」 하면서 친구를 찾아 다녔다. 한참을 돌아 다니다가 집에 왔을 때에는 이미 공부해야 할 시간이 지나버려, 결국 아무 것도 하지 못했다.

이제 신의 말씀에 대해 생각해 보자.

매우 박식하게 신의 말씀을 읽는다고 할 때 — 결코 비방하는 것은 아니다 — 사전을 갖고 하나하나 해석하면서 읽는다면, 당신은 말씀을 읽지 않고 있다는 것을 명심하라.

〈사랑하는 이로부터 온 편지를 읽는 게 아니야〉라고 한 말을 기억하라.

당신이 교양 있는 사람이라면 그런 식으로 읽는 것이 되지 않도록 주의해야 한다. 그러나 요구나 명령(사랑하는 사람을 기억하라)이 있다면 즉각 그에 따라서 행동해야 한다.

당신은 아마도 이렇게 말할 것이다.

「성서에는 수수께끼같은 막연한 말씀이 많아요.」

이에 대해, 나는 다음과 같이 대답할 것이다.

「만약 당신의 삶이 쉽게 이해할 수 있는 신의 모든 말씀에 상응하는 삶이라고 말할 수 없다면, 그같은 반론은 고려할 여지가 전혀 없다고 봅니다.」

신의 말씀을 읽으면서, 혹 당신에게는 앞서 이야기한 것처럼 애인이 편지를 읽으려 할 때 있었던 일과 같은 경우는 없었는가.

만일 애매한 문구가 없지 않았지만, 그래도 무엇을 요구하는 지 분명하게 표현되어 있다면, 당신은 다음과 같이 대답할 것이다.

「즉시 말씀이 요구하는 바에 따라 해야겠지요. 그리고 나서, 애매한 문구들이 어떻게 만들어졌는가를 알아볼 것입니다. 명확하게 이해할 수 있는 말씀을 이행하지 않으면서, 애매한 문구를 풀기 위해 하루 종일 앉아서 씨름만 할 수는 없는 노릇 아닙니까.」

당신이 신의 말씀을 읽을 때, 당신에게 의무로 지워지는 것은 막연한 말씀이 아니라 당신이 이해하고 곧 실천할 수 있는 말씀이다. 당신이 성서에 적혀 있는 말씀을 단 한 줄이라도 이해한다면, 그것부터 먼저 실행해야 한다.

막연한 말씀을 갖고서 생각하느라고 마냥 앉아 있기만 해서는 안된다. 신의 말씀은 막연한 말씀을 해석하는 데 목적을 두는 것이 아니라, 말씀을 따라 행하는 데 목적이 있는 것이다.

친구여! 사랑하는 사람이 너무 많은 것을 행한다고 실망하였는가? 그리고 그러한 두려움을 즐기고 있는 데 대해, 그녀는 무슨 말을 하겠는가?

어쩌면 그녀는 이렇게 말할 것이다.

「그렇게 많은 일을 하는 데에 두려움을 즐기는 사람이라면, 그는 애인으로부터 온 편지를 읽고 있는 게 아닐 겁니다.」

나도 이렇게 말하겠다.

「그는 신의 말씀을 읽는 것이 아니오」라고.

　아직, 애인의 편지에 대한 이야기는 종결되지 않았다. 다시 한번 정리해 보자. 그가 사전을 갖고 편지를 해석하는 데 몰두하는 동안, 친구가 방문했다. 방해를 받은 것이다. 성급해진 그는 다음과 같이 말했을 것이다.

　「내가 조급해진 것은 일이 지체되었기 때문입니다. 만일 친구가 방문하지만 않았다면, 아무 문제가 없었을 겁니다. 나는 그때 편지를 읽고 있지 않았어요. 물론 내가 편지를 읽고 있을 때, 누군가 왔다면 문제는 달라졌을 겁니다. 비록 그것이 방해가 되었다고 해도 말입니다. 그러나 나는 그런 방해를 받을 가능성에 대비하여, 일을 시작하기 전에 방문을 잠궈 두거나 부재 중인 것처럼 할 것입니다. 왜냐 하면 방해받지 않고 편지를 읽고 싶기 때문이죠. 당시 혼자가 아니었다면, 나는 애인으로부터 온 편지를 읽을 수 없었을 겁니다.」

　신의 말씀을 읽는 경우도 마찬가지이다. 신의 말씀과 홀로 같이 하지 않으면 결코 그의 말씀을 읽고 있는 것이 아니다.

충성심 표현

☞ 신을 개념적으로 이해하려는 것은
칭찬받을 일인가, 분별없는 일인가?

한 나라의 임금이 문득 왕으로서가 아니라 평범한 한 사람으로 대접받고 싶다는 생각이 들었다고 가정해 보자. 이럴 때, 신하는 어떻게 처신해야 할 것인가.

여느 때와 마찬가지로 왕에게 바쳐야 할 충성심을 나타내는 게 모름지기 신하된 도리라고 해서, 왕의 뜻에 따르는 것이 과연 올바르고 정당한 일일까?

아니면, 이것이 왕의 뜻을 거역하고 자기가 바라는 바를 행하는 것은 아닐까?

비록 왕이 스스로 왕으로 취급받고 싶지 않다고 해도, 신하가 보다 세심하게 아랫사람으로서의 경의를 나타내면 나타낼수록, 다시 말해서 보다 세심하게 왕의 뜻을 거역한 채 자기 나름대로 행동하면 행동할수록 왕을 위하는 일은 아닐까?

침묵의 간청

☞ 기도는 위험한가?

　이교도(異敎徒)의 세계에 살고 있지만, 뛰어난 지혜 때문에 추앙받고 있는 어느 유명한 고대의 한 현자(賢者)가 나쁜 사람과 한 배를 타고 바다를 항해했다.

　배가 심한 풍랑을 만나 침몰할 위기에 부닥쳤다. 그때 나쁜 사람이 소리 높여 살려달라고 신에게 기도했다. 그러자 지혜 있는 현자가 말했다.

　「조용하시오, 친구. 만약 당신이 갑판 위에 있는 것을 하늘이 발견하면 배는 가라앉고 말 거요.」

알맹이와 껍데기

☞ 신과 세상과의 관계는 무엇에 비유할 수 있을까?

만약 두 사람이 함께 호도를 먹으려 하는데, 한 사람은 껍데기를 좋아하고 다른 한 사람은 알맹이를 좋아한다면, 이 두 사람은 썩 잘 어울린다고 할 수 있다.

이 세상이 거부하고 배척하며 경멸하는 껍데기처럼 희생된 사람이야말로, 신이 기뻐하는 보화이다. 그것은 세상 사람들이 열렬히 사랑하는 보물보다도 훨씬 더 위대한 보화이다.

성직자 지망생의 실수

☞ 세속적인 종교는
절대자와의 관계에서 어떤 역할을 하는가?

성직자 되기를 희망하는 한 사람이 있었다(나 또한 신학도이므로 그 사람이 곧 나라고 해도 좋다). 그가 목사 지망생 된 지도 몇 년이 흘러, 사람들이 그에 대하여 「뭔가 구하고 있다」고 이야기할 만한 시기에 접어들었다.

목사 지망생이 「뭔가 구하고 있다」는 말을 들으면, 당신은 특별한 상상력을 발휘하지 않고도 그가 〈구하는 것〉이 무엇인지를 금방 알아챌 수 있을 것이다. 그것은 당연히 하느님의 나라일 것이다.

그러나 당신의 짐작은 틀렸다. 그는 오로지 자신이 사목할 교회를 구하려 했고, 살아갈 일을 궁리했다. 거의 절대적으로 두 가지 일에 매달렸던 것이다. 절대자에 관한 일에서는 아무 것도 구하지 않았다. 그렇다고 해서 절대자의 인상을 나쁘게 한 일은 없었다.

그는 자기가 구하는 것을 얻기 위해 헤롯왕으로부터 빌라도 총독에 이르기까지 어디든 찾아 다녔다. 제사장과 서기관 앞에서 스스로 자기 자신을 추천했고, 총독의 직인이 찍힌 용지로 두툼한 청원서를 작성하여 제출하기도 했다.

당시 청원을 하려면 총독의 직인이 찍힌 용지를 사용해야만 했던 것이다. 당신은 이것을 절대자의 날인이라고 해석해도 좋을 것이다.

청원할 수 있는 곳이라면 어디든 쫓아 다니면서, 어느새 한 해가 지나 갔다. 일년 가까이 이리저리 뛰어다니느라고, 그의 몸은 매우 지친 상태가 되었다. 사람들은 이제 그가 절대자를 섬기지 않으면서 속세의 모든 것에만 매달려 절대적으로 구하려 한다고 생각했다.

마침내 그는 자신이 찾던 것을 얻었다. 〈찾으라, 그러면 구할 것이요〉라는 성서 구절이 틀림없음을 알게 되었다. 그러나 그는 절대지를 발견하지 못했으며, 찾은 것이라고는 다만 하나의 작은 삶이었을 뿐이었다.

물론 그것은 그가 찾으려 애썼던 절대자는 아니었다. 하지만 그의 마음은 매우 평화로왔다. 그토록 열심히 구한 결과, 이제 그는 정말로 휴식이 필요하다고 할 만큼 육체를 편히 쉴 수 있게 되었다.

　그러나 한 달 수입이 어느 정도인가를 자세히 알게 되었을 때, 그는 자신이 예상했던 액수보다 몇 백 기니가 적다는 사실을 알고는 매우 실망했다. 예상보다 적은 수입, 이것은 적어도 그에게는 매우 비참하게 느껴지는 사실이었다. 인간적으로 말해서, 누구든지 비참해 하는 그를 이해할 수 있고, 또 그같은 생각을 가질 수도 있다. 더욱이 그는 일자리를 갖게 되면서 부인도 함께 얻었는데, 수입은 생활과 직접 관련된 문제인지라 더욱 그를 불쾌하게 만들었다.

　그는 이성을 잃었다. 청원서 용지를 다시 사서, 지난 날의 청원을 취소해 달라고 요청할까 하는 생각도 했다. 그러나 친구 몇 사람이 극구 만류하는 바람에 더 이상 아무런 일도 일어나지 않았다.

　그는 목사가 되었다. 그리고 취임하는 날, 교구장이 함께 자리했다. 교구장은 지적이고 학식이 풍부한 사람이었으며 세상을 보는 안목이 높아, 그는 물론이고 참석자 모두에게 도움을 주었다.

　이 날, 교구장은 새 목사를 소개한 다음에 강연을 했는데, 강연 주제는 성서에서 다음과 같은 구절을 택했다. 「보십시오. 우리는 모든 것을 버리고 당신을 택했습니다.」

　교구장의 강연은 힘차고 박력이 있었다. 특히 요즘 세상 돌아가는 것을 볼 때, 성직자는 육신적인 삶을 살고 있음에도 불구하고 모든 것을 희생할 준비가 되어 있어야 한다고 강조했다. 물론 이 존경받는 교구장은, 자기가 추천한 젊은 목사가 생각했던 수입보다 몇 백 기니 적다는 이유로 목사 직을 맡지 않으려 했었다는 것을 이미 알고 있었다.

　（그렇다. 앞에서도 말했듯이 우리는 이 젊은 성직자를 이해할 수 있다. 그도 하나의 인간이기 때문이다. 그러나 우리가 이해할 수 없는 사람은 오히려 교구장이다.）

　이어, 새로 임명된 목사가 단상에 섰다. 그는 「너희는 먼저 그의 나라를 구하라」라는 성경 구절을 설교 주제로 삼았다. 정말로 적절한 주제였으며, 젊은 목사의 입장에서는 그 동안 자기 자신이 얻고자 애쓰면서 겪었던 일들을 생각하게 해주었다.

　분명 그는 「너희는 먼저 그의 나라를 구하라」를 맨 끝에 생각했다. 바로 그것 때문에 그는 이 구절을 택했는 지도 모를 일이다.

　설교는 어느 면으로 보나 매우 훌륭하게 끝났다. 심지어, 그 자리에 참석했던 교구장조차 「대단히 훌륭한 설교였어. 아주 잘 했어. 정말 뛰어난 연설가야」라고 말할 정도였다.

　「그렇다. 기독교적 입장에서 보면, 지당한 말씀이다.」

「정말 기독교인다운 설교였다. 순수하고 심오한 내용, 그가 먼저 그의 나라를 구하라고 강조한 설교야말로 충격적인 효과를 거두었다.」

그러나 신앙적으로 판단해 볼 때, 과연 이 설교자의 생활과 설교 내용이 어느 정도 일치할까. 이 연설가 — 나에게는 우리 모두의 진정한 모습으로 생각되지만 — 는 정말로 그의 나라를 먼저 구했다고 말할 수 있을까.

「그건 누구의 요구에 의해 행한 설교가 결코 아니었다.」

우리가 먼저 그의 나라를 구해야 한다는 것은 다만 그의 연설일 뿐이다. 정확하게 말해서, 먼저 그의 나라를 구하는 것은 목사인 그 자신이 설교해야 할 길이며, 그에게서부터 요구되어지는 삶이다. 그것은 유념해야 할 교리이며, 순수하고 깨끗하게 설교되어야 할 교리인 것이다.

이 이야기는 종교인이 신앙, 즉 절대자와 관련하여 어떤 길을 걸어야 하는가를 가르쳐 준다.

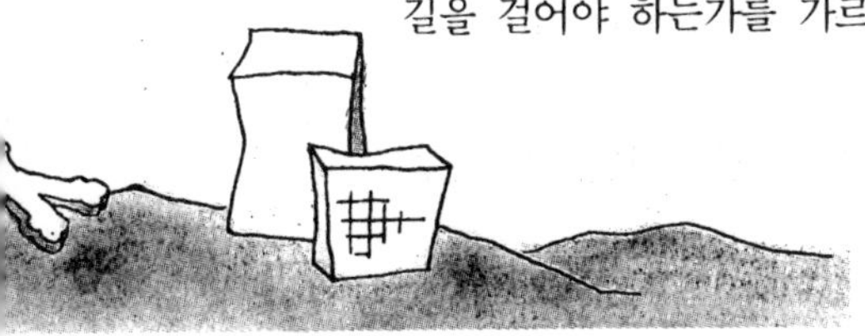

지도자의 이중성

☞ 종교 생활에서 절제와 보상 사이의 충돌을
어떻게 조화할 수 있을까?

술 마시는 것을 반대할 목적으로 설립된 금주 단체가 있다고 생각해 보자. 이 단체의 지도자는, 설립 취지의 전파자, 혹은 대변자로서 〈봉사자(Priests)〉라고 부르는 많은 사람들을 전국 방방곡곡에 보내 일반 대중의 가입을 권유하는 홍보 방법을 생각해 냈다.

방법을 결정하고 나서, 지도자는 회의에서 말했다.

「그러나, 봉사자 자신에게 절제를 요구하는 것은 조금도 유익하지 않다. 그들에게 술을 마시지 말라고 요구한다면, 아무런 성과를 거두지 못할 것이다. 만일 그렇게 한다면, 일반인들은 우리 단체에 가입하게끔 홍보하는 일에 그 누구도 흥미를 느끼지 못하여 맥빠진 설득이 되고 말 것이다.

우리가 봉사자들에게 절제를 요구할 것이 아니라 날마다 술병을 차고 다니게 한다면, 봉사자들은 자기에게 맡겨진 일을 좋아하게 될 것이고, 정열과 강한 신념으로 사람들을 설득하여 수많은 사람들로 하여금 우리 단체에 가입하도록 만들 게 아닌가.」

여기서, 가입자 모두가 이 단체의 회원이 아닌, 봉사자로 되었다고 상상해 보라.

기독교와 국가와의 관계도 마찬가지이다.

기독교는 〈절제〉에 대해, 그리고 이 세상과 다른 삶을 가르친다. 〈절제〉없이는 결코 다른 세상(천국)에서 보상을 받을 수 없다는 가르침이 널리 소개되기를, 국가는 바란다.

국가는 이렇게 말한다.

「그러나, 성직자(Priests)는 실제로 어떤 좋은 것에 대해 절제할 필요가 없다. 가령, 금식 따위의 재미없는 절제를 성직자에게 요구한다면, 그 누구도 성직을 갖지 않으려 하며 멀리 도망을 칠 것이다.

성직자는 보수를 받아야 하며, 삶이 안정되어야만 한다. 본인 자신이나 가족들을 위해, 그리고 그의 교리를 전파하는 일에서 보람과 기쁨을 발견할 수 있어야 한다. 그렇게 해야만 일반 대중으로 하여금 세속적인 것으로부터 절제해야 한다고 설득할 희망을 가질 수 있을 것이다.

또 그렇게 해야만, 성직자는 따뜻하고 신념에 찬 정열적 말로써 〈절제와 고난〉을 당하는 게 얼마나 복 받은 삶인가, 그리고 그것이야말로 천국에서 상을 받을 만한 복된 삶이라는 것을 설득할 기분이 들기 때문이다.

성직자의 말을 들을지어다. 복이 있으리, 복이 있으리.」

돌아온 루터

☞ 진정한 신앙이
자기희생의 투쟁없이 존재할 수 있는가?

루터가 그의 무덤에서 다시 살아났다고 가정하자. 우선 그는 몇 년 동안은 은밀하게 우리와 함께 있으면서 우리들의 삶을 지켜 보며 관찰할 것이다.

하루는 그가 나에게 이렇게 물으리라.

「당신은 신자인가요? 믿음을 갖고 있어요?」

작가로서 나를 알고 있는 모든 사람은, 내가 이 곤혹스런 질문으로부터 쉽게 빠져 나오리라는 것을 알고 있을 것이다. 나는 이렇게 대답할 것이다.

「신앙을 갖고 있지 않습니다.」

폭풍우가 있기 직전에, 이를 감지하고 불안해 하는 들새의 비행(飛行)처럼, 나는 약간의 혼란을 예상하면서 신앙을 갖고 있지 않다고 말했을 것이다.

아니면, 「아뇨, 루터 선생. 당신에게 경의를 표하기는 하지만 신앙은 갖고 있지 않습니다」라고 말했을 지도 모른다.

물론 나도 자기 자신을 가리켜 크리스찬이라고 자칭하는 다른 사람처럼, 빛이 없는 암흑 속으로 던져질 것을 두려워하여 「예, 나도 신자입니다」라고 말할 수도 있다.

만일 내가 「그렇소. 나도 신자입니다. 그게 어쨌다는 겁
니까?」라고 말한다면, 루터는 이렇게 대답했을 것이다.
　「당신에게서는 그 어느 것도 발견하지 못했기에 하는 말
입니다. 내가 지금도 당신의 생활을 지켜보고 있는 이유가
웬지 아십니까. 바로 그것 때문입니다.

당신도 알다시피, 신앙이란 당혹스런 것입니다. 신앙이 당신에게 어떤 당혹스런 결과를 가져다 주었는지 경험한 것을 말해 보시오. 당신은 어디에서 진리를 증거하고 허위를 고발했습니까. 당신은 기독교를 위해 어떤 희생을 했고, 어떤 박해를 받았습니까. 그리고 가정생활에서 어떤 자기희생과 극기하는 모습을 보여 주었습니까?」

나는 대답한다.
「그래도 내가 신앙을 가졌다는 것을 당신에게 항변할 수는 있습니다.」
「도대체 항변한다는 말이 어떤 종류의 말입니까? 신앙을 갖고 있는 데 관해서는 이의를 제기하는 것이 필요하지 않습니다. 만약 어떤 사람이 신앙을 가졌다면, 〈이의 제기〉란 아무런 유용성도 갖지 못합니다. 신앙을 갖고 있지 않은 경우도 마찬가지입니다. 왜냐 하면 신앙이란 즉시 관찰될 수 있는 〈하나의 당혹(當惑)〉, 바로 그것이기 때문입니다.」
「그렇습니다. 그러나 당신이 나를 믿기만 한다면 가능한 한 정중하게 항변할 수도 있습니다.」

「그건 넌센스입니다. 당신의 〈이의 제기〉가 무슨 소용이 있습니까?」

「맞는 말입니다. 하지만 당신이 내가 쓴 책을 몇 권만 읽는다면, 신앙에 관해 내가 어떻게 서술하고 있는가를 쉽게 알 수 있을 겁니다. 나 자신이 스스로 신앙을 갖고 있다는 것을 알고 있는 까닭도 바로 이 때문입니다.」

「그건 억지일 뿐입니다. 만일 당신이 〈신앙이 어떤 것인가〉를 기술할 줄 알고 있다는 게 사실이라면, 그것은 당신이 시인이라는 것을 증명하는 것에 불과합니다. 그리고 당신이 이를 훌륭하게 기술할 수 있다면, 그것은 당신이 훌륭한 시인임을 증명하는 것 뿐입니다. 물론 이 이야기는 당신이 믿는 사람이라는 것을 증명하는 것과는 별개의 문제입니다. 혹 당신은 울면서 믿음에 대해 기술할 수도 있겠습니다만, 그 또한 당신이 훌륭한 배우라는 것을 증명해 줄 뿐이라고 생각합니다.」

☞ 루터(1483~1546) : 독일의 종교개혁가

시간 여행

☞ 성서에 대한 이해 수준은
지금까지 얼마나 제대로 되어 왔는가?

  기독교인들이 길잡이로 여겨 온 신약성서는, 마치 어느 특별한 나라에서 모든 것이 완전히 변해 버렸을 때, 그 나라에 남은 〈유일한 안내서〉처럼 역사적으로 훌륭한 책이다. 그러나 그같은 안내서는 이제 더 이상 그 나라를 여행하는 사람들에게 긴요한 것이 되지 못하고 있다. 기껏해야 심심풀이 삼아 읽어 볼 가치가 있을 뿐이다.

  기차를 타고 편안하게 여행하는 어느 여행객이 안내서에서 다음과 같은 구절을 읽었다고 해보자. 「이 곳은 땅 밑으로 7천 길 아래 울프 갈리트가 있는 곳입니다.」
  어떤 때는 아늑한 까페에 앉아서 담배를 피우며 이런 안내서를 읽기도 할 것이다. 「이곳은 여행자를 습격하고 괴롭혔던 강도떼들의 본거지입니다.」
  여기서 「여기는 …이다」라는 말은 「여기는 …이었다」라는 뜻이다. 그러나 지금 (어떻게 해서 그랬었을까, 지금 생각하는 것은 매우 흥미로운 일이다) 이곳은 울프 갈리트가 아니라 철로일 뿐이며, 강도단은 없고 아늑한 까페가 있을 따름이다.

약삭빠른 변명

☞ 기독교에 관한 사변철학의 이치는 무엇일까?

여러 사람으로부터 고소당한 누군가(피고)가 당신을 찾아 와서 다음과 같이 말했다고 생각해 보자.

「나는 종교를 믿지는 않습니다. 하지만 지금까지 살아 오면서 시간시간마다 그것을 숙고해 왔습니다. 많은 시간을 소비했으니 기독교를 찬양해 왔던 셈이지요.」

이때, 그를 고소한 사람 가운데 한 사람이 와서, 「그는 기독교를 박해해 왔소!」라고 말했다 하자. 피고는 이렇게 대답할 것이다.

「인정합니다. 기독교는 내 영혼을 혼미하게 했습니다. 보다 정확하게 말하면 그것의 엄청난 힘을 느꼈기 때문에, 나는 그것을 지구상에서 근절시키는 일 외에 다른 야망을 가질 수가 없었습니다.」

또 다른 고소인이 와서, 「맹세코, 그는 기독교를 버렸다!」고 말했다 하자. 피고는 이렇게 대답할 것이다.

「사실입니다. 왜냐 하면 기독교는 만약 내가 손가락 하나를 내밀면 몸 전체를 가져버릴 만큼의 힘을 가졌다고 보았기 때문입니다. 나는 기독교에 나의 전체를 귀속시킬 수 없다고 느꼈던 겁니다.」

그러나, 이때 민첩한 프리밧더슨트가 가볍고도 재빠른 걸음으로 당신에게 다가와 이렇게 말했다고 생각해 보자.

「나는 앞서 말한 세 사람과 다릅니다. 나는 기독교를 다만 믿지 않았을뿐, 여태껏 기독교를 설명해 왔습니다. 사실 기독교는 사도들에 의해 상세하게 설명되었음을 보여 주었습니다. 또 기원 초기에는 어느 정도밖에 그 진리가 드러나지 않았으나, 지금은 사변철학(思辨哲學)의 해석을 통해 진정한 진리가 되었습니다. 따라서 나는 그동안 기독교에 봉사한 것에 상응하는 대가를 요구해야겠습니다.」

당신은 이들 네 사람 가운데 어떤 사람의 태도가 가장 위험하다고 생각하는가.

기독교가 진리라는 것은 분명 가능한 것이다. 그리스 시인의 자녀들이, 아직은 아름다운 비극 작품을 쓸 수 있을 만큼 왕성한 능력을 갖고 있는 그의 늙은 부모들을 자신의 보호 하에 두려고 하는 것과 같이, 기독교의 불손한 후손들은 기독교를 무능력하다고 판단하여 사변철학 아래 묶어두려 한다고 생각해 보라. 기독교가 새로운 활력으로 다시 일어난다고 생각해 보라. 그러면 그 위치가 프리밧더슨트처럼 곤란을 겪게 되지는 않을 것이다.

연어의 위기

☞ 감상적 마음은 금지되어야 마땅한가?

연어는 가을에 강에 올라 모래 바닥에서 알을 낳고 죽는 게 특징이다. 고기의 맛이 매우 좋으나, 과식하면 해를 입게 된다. 소화에 부담을 주기 때문이다.

언젠가 다량으로 잡힌 연어 고기가 덴마크의 수도 함부르크로 운반되어 왔다. 이때 경찰은 어느 집이건 간에, 집 주인은 하인들에게 반드시 일주일에 단 한 번만 연어 고기를 주어야 한다는 명령을 내렸다.

감상에 빠지지 못하게 하는, 그런 경찰도 있었으면 좋지 않을까.

만년 학생

☞ 시민종교가 정말 기독교답게 될 수 있을까?

내가 젊었을 때, 대학에서 첫 시험을 한 번도 패스한 적이 없는 친구가 있었다. 그러나 그는 항상 「다음엔 꼭 해낼 거야」라고 말해, 우리는 그 친구를 본명보다는 〈다음엔 꼭 해낼 거야〉라는 별명을 즐겨 부르곤 했다.

(이것은 그의 변명을 겸한 항변이었다.)

그러나 항변할 시기는 지나갔다.

항변의 비축, 그것은 은행이 은행으로써 역할하기 위해서는 비축해 두어야 하는 정금(正金)과 같다.

지난 날, 〈기독교라는 은행〉에도 그같은 항변을 비축한 적이 있었다.

「신사 숙녀 여러분, 이젠 비축한 것을 다 써버린 상태입니다. 그같은 은행을 다시 일으켜 세우기보다는 새로운 은행이 세워지는 것이 낫지 않겠습니까.」

이 경우, 정금에 의하여, 즉 크리스찬의 임무에서 볼 때 〈행동이란 정금〉에 의해 새로운 은행은 세워져야 할 것이다.

느부갓네살의 고백

☞ 인간의 오만과 권력이 조물주의 권력과 주권을
두려워할 때, 어떻게 변화되는가?

1

나, 느부갓네살은 모든 백성들에게 갖가지 방언으로, 내가
한 마리의 짐승이 되어 풀을 먹던 시절을 회상할 것이다.

2

바빌론은 위대한 도시다. 모든 국가의 모든 도시들 중에서
가장 위대한 도시가 아니었던가. 나, 느부갓네살이 바빌론
을 건설하였다.

3

어느 도시도 바빌론만큼 그렇게 유명했던 곳은 없었으며
어느 임금도 내 주권의 영광, 바빌론을 통하여 나만큼 그렇
게 유명하지는 못하였다.

4

나의 궁전은 땅 끝에서도 볼 수 있을 만큼 컸으며, 지혜는
어떤 현자도 풀 수 없을 만큼 깊은 수수께끼와 같다. 그래
서 그들은 내가 꿈꾸어 온 것이 무엇인가를 말할 수 없다.

5

그런데 말씀이 내게 임했는데, 나의 모양이 변하여 일곱 해
가 바뀔 동안, 들판의 풀을 먹는 짐승과 같이 되어야 한다
는 것이었다.

6

나는 군대를 거느린 모든 제후들을 소집하여, 그 말씀이 지적한 대로 적이 오면 내게 미리 알리도록 그들을 배치시켰다. 그러나 아무도 감히 오만한 바빌론에 가까이 가지 않았다. 나는 「이 오만한 바빌론은 내가 건설한 것이 아닌가?」라고 말했다.

7

별안간 한 목소리가 들려 오고, 나는 여자의 얼굴색이 변하는 것처럼 순식간에 모양이 변했다.

8

풀은 나의 양식이었고, 이슬이 내 위에 떨어졌다. 그리고 내가 누구였는지 아는 사람은 아무도 없었다.

9

물론 나는 바빌론을 알고 있었으므로 소리쳤다. 「이것이 바빌론이 아니냐?」 하지만 아무도 내 말에 귀를 기울이지 않았다. 그 소리는 짐승이 으르렁거리는 소리 같았기 때문이다.

10

나의 생각, 아니 내 마음 속의 생각들이 나를 두렵게 했다.
왜냐 하면, 나의 입은 말할 수 없었고, 아무도 짐승의 소리
같은 것 이외의 어떤 의미도 알아들을 수 없었기 때문이다.

11

나는 생각했다. 지혜가 밤의 어둠 같고, 측량할 수 없을 만
큼 깊은 바다같은, 전능하신 자. 그 사람은 누구일까?

12

그렇다. 이것은 그분만이 알 수 있는 꿈과 같다. 그분은 어
떤 사람에게도 이를 해석할 수 있는 능력을 주지 않았다.
그러나 어느 때인가 갑자기 한 사람 위에 임하여서 그 힘센
팔 안에 그를 붙들어 매는 끈과 같은 분이다.

13

누구도 이 전능하신 이가 어디에 있는지 알지 못한다. 누구
도 정확하게 지적하여 「보라, 여기에 그분의 보좌가 있다」
라고 말할 수 없다. 그러므로 그 사람은 「보라, 여기가 바
로 그분이 통치하는 땅의 경계다」 라고 말하게 될 때까지
그 땅을 돌아다닐 수도 있을 것이다.

14

왜냐 하면, 그분은 나의 이웃들처럼 내 왕국의 경계 안에
있는 것이 아니고, 먼 바다까지 성채처럼 둘러싼 나의 왕국
에도 있지 않다.

15

그분은 그의 신전에도 없다. 왜냐 하면, 나 느부갓네살이
그의 금과 은으로 된 그릇들을 가져와, 그 신전을 황폐하게
만들었기 때문이다.

16

그 누구도, 그분에 관해 아무것도 알지 못한다. 그분의 아
버지가 누구인지, 어떻게 그의 권능을 얻게 되었는지, 그리
고 누가 그에게 그 권능의 비밀을 가르쳐 주었는지 아무도
모른다.

17

그분에게는 어떤 조언자도 없다. 조언자가 있었더라면 금
을 주고라도 그의 비밀을 살 수 있을 텐데. 그분은 누구에
게도 「내가 무엇을 해야 하지?」라고 물어보지 않으며, 또
그분에게 「당신은 무엇을 하시겠습니까?」라고 말할 사람
도 없다.

18

그분은, 누가 자기를 잡기 위해 기회를 노리고 있지나 않을
까 정탐하기 위한 정탐꾼도 두지 않는다. 왜냐 하면 그분은
〈내일〉을 말하지 않고, 오직 오늘만을 이야기할 뿐이다.

19

왜냐 하면, 그분에게는 인간처럼 준비가 필요없다. 물론 그
분은 적에게 준비할 틈도 내주지 않는다. 그분이 「그렇게
되라」 하면, 곧 그렇게 되기 때문이다.

20

그분은 조용하게 있으면서 자기 자신과 이야기한다. 그래
서 사람들은 그분의 존재가 현실로 나타날 때까지, 그가 존
재하고 있음을 알지 못한다.

21

이것은 그분이 나에 대해 한 일이다. 그분은 궁사처럼 겨냥
을 하지 않는다. 그렇게 하면 사람은 그의 화살을 피할 수
있을 것이다. 그러나 그분은 스스로에게 말하고, 그것은 사
실로 된다.

22

그분의 손 안에서는 왕들의 두뇌가 가마솥 안에서 녹는 양
초와 같고, 그분이 누르면 왕들의 권력 또한 깃털이나 다름
없이 된다.

23

그럼에도 불구하고, 그분은 전능하신 자로서 땅에 내려 오
지 않았다. 그분은 나에게서 바빌론을 빼앗고, 나를 작은
찌꺼기로 남겨두거나 나의 모든 것을 빼앗았다. 그분 스스
로 바빌론의 통치자가 될 수 있었으나 그렇게 하지 않았다.

24

그리하여 아무도 나를 알아보지 못하고, 나의 생각들이 나
를 두렵게 할 때, 나는 〈주님, 주님만이 그러하신 분〉이라
는 것을 마음 속으로 은밀히 생각했다.

25

일곱 해가 지났을 때, 나는 다시 느부갓네살이 되었다.

26

나는 다시 그 힘의 신비를 설명할 수 있을 것같은 현자들을
모두 불러 모았다. 그리고 어떻게 해서 내가 한 마리의 들
짐승이 되었는가를 물어 보았다.

27

질문을 받은 그들은 모두 고개를 떨구고 이렇게 말했다. 「위대하신 느부갓네살이시여, 그것은 상상의 산물이며 사악한 꿈입니다. 누가 당신에게 그런 일을 할 수 있겠습니까?」

28

현자들에 대한 나의 분노는 들끓었다. 나는 그들의 어리석음을 물어, 모두들 목을 베었다.

29

그분으로 말할 것 같으면, 인간이 소유하지 못한 모든 권능을 소유하고 있다. 나는 그분의 힘을 시샘하지 않으며, 다만 그분의 힘을 찬미하고 그분의 옆에 있을 뿐이다. 왜냐하면 내가 그분의 금으로 된 그릇과 은으로 된 그릇을 가졌기 때문이다.

30

바빌론은 더 이상 명성 높던 바빌론이 아니다. 나, 느부갓네살도 더 이상 이름 높던 느부갓네살이 아니다. 나의 군대 역시 더 이상 나를 방어하지 않는다. 왜냐 하면 아무도 그분을 눈으로 볼 수 없고, 인식할 수도 없기 때문이다.

31

그분이 온다고 할 때, 파수꾼의 경고가 있더라도 허사일 뿐이다. 왜냐 하면 나는 이미 나무 위의 한 마리 새가 되어 있거나, 다른 물고기들만이 알 수 있는 물 속의 물고기가 되어 있을 테니 말이다.

32

이제 나는 더 이상 바빌론을 통하여 유명해지기를 바라지 않는다. 그러나 칠년 마다 이 땅에 축제가 벌어질 것이다.

33

백성들 사이에 축제가 벌어질 것이며, 그 이름은 〈변화의 축제〉라 불리우게 될 것이다.

34

그리고 한 점성가가 거리로 끌려 나올 것이다. 그는 짐승의 가죽을 쓰고 있을 것이며, 자신이 갖고 온 계산서들을 모두 건초 다발처럼 찢어버릴 것이다.

35

그리고 모든 백성이 소리칠 것이다. 「주여, 당신은 전능하신 분이십니다. 당신의 행함은 바다의 큰 물고기처럼 민첩하리이다.」

36

나에게 주어진 날들이 선포되면, 곧 나의 통치는 밤의 시계
처럼 돌아가 버릴 것이다. 그리고 나는 나 자신이 어디로
가고 있는지 모른다.

37

나는 그분이 계시는, 보이지 않는 그 먼 곳에 이르러, 그분
의 눈에 드는 은총을 입게 될까.

38

그분이 내 생명의 숨결을 거두어 주고, 내 조강들처럼 허물
을 벗고, 그래서 내 안에서 기쁨을 찾을 수 있을까.

39

나, 느부잣네살은 이상과 같은 사실을 모든 백성과 민족들
에 알리노라. 그리고 위대한 바빌론은 나의 뜻을 이루게 될
것이다.

☞ 느부잣네살(605~561 BC): 바빌로니아제국 최전성 시대의 왕

사랑과 허위의 결합보다
더 역겨운 결합이 있을까.
그런 결합은 실제로 불가능하다.
거짓으로 사랑한다는 것은
미워하는 것이기 때문이다.

키에르케고르 이야기

쇠렌 키에르케고르(Sören Kierkegaard, 1813~1855년)는 1813년 5월 5일 덴마크의 수도 코펜하겐에서 일곱 형제 중 막내로 태어났다.

그의 아버지 미카엘 키에르케고르는 서부의 유틀란트에서 양치기 일을 하면서 가난하게 자랐는데, 열두 살 되던 해에 모직물 공장을 하는 외숙부를 따라 코펜하겐으로 온 후로는 차츰 재정적으로 안정되어, 키에르케고르가 태어날 즈음(아버지의 나이 57세)에는 이미 일에서 벗어나, 모아 놓은 돈을 빌려주고 받는 이자만으로 안정된 생활을 하고 있었다.

외형적으로 보면 키에르케고르는 꽤나 부유한 가정에서 태어나 임격한 기독교 교육을 받으며 자라난 평범한 사람일 법하다. 그럼에도 불구하고 그의 삶과 철학이 매우 특별나고 흥미로운 것은 무엇 때문일까? 이 물음에 대한 답을 찾기 위해 많은 키에르케고르 연구가들은 그의 생애 연구에 지금도 몰두하고 있다.

그의 철학적 삶의 전체를 뒤덮고 있는 잿빛 색깔의 정조(情操)는 과연 어디서 온 것일까? 키에르케고르 연구가들은 서너 가지의 원인을 지적하고 있다.

먼저, 일조량(日照量)이 부족한 북구라파 특유의 자연지리적 환경이 만들어낸 〈암울한 분위기〉를 들고 있다. 이는 마치 메마르고 무더운 인도에서 발생한 불교 사상이 인생을 고통으로 이해하는 것에도 비견되는 예일 것이다.

두 번째는 아버지로부터 물려 받은 〈우울〉이란 유산이다. 아버지로부터 물려받은 〈유산〉이라고 말할 때, 거기에는 성격적인 것과 경험적인 것이 함께 포함된다.

그 중에서도 일생을 두고 그의 아버지 미카엘을 괴롭혀 왔던 것은, 본처가 죽은 지 일년도 채 되지 않아서 하녀와 불의(不義)의 관계를 맺고 아이를 갖게 한 사실이었다. 이 사실은 독실한 기독교 신자였던 미카엘을 평생 동안 죄의식에 사로잡혀 있게 만들었다. 결국 그는 하녀와 재혼을 하게 되는데, 그녀가 바로 키에르케고르의 생모이다.

아버지 미카엘이 평생을 두고 괴로워했던 이 사건이야말로 인간의 실존적 모습을 드러내는 일화이기도 하다. 어떻든 이 죄의식은 아들 죄렌 키에르케고르에게도 〈고뇌의 씨〉가 되었던 것만은 확실하다.

아버지가 물려준, 또 하나의 죄의식의 싹이 있다. 그것은

아버지 마카엘이 어린 시절에 겪은 신(神)에 대한 저주의 기억이라고, 키에르케고르 연구가들은 지적한다.

미카엘이 열두 살 때의 일인데, 그는 황량하기 이를 데 없는 유틀란트 황야에서 양을 치면서 추위와 배고픔과 피로에 지쳐, 언덕에 올라가 자신에게 그토록 가난하고 비참한 삶을 안겨준 신을 원망하고 저주했다는 것이다.

죄렌 키에르케고르가 아버지로부터 이 이야기를 언제 들었는지는 확실치 않다. 그러나 그가 일기에서 〈대지진(大地震)〉이라고 고백한 삶의 충격이 바로 이 이야기를 들었던 순간이 아닌가 생각된다.

평생을 두고 괴로워했던 아버지의 이같은 죄의식이 어떻게 해서 아들 죄렌까지도 그토록 집요하게 지배했던가 하는 것을 알아 내는 것은 쉽지 않은 일이다.

한 가지 분명한 사실은, 죄렌에게 아버지 미카엘은 깊은 관심과 존경의 대상이었으며, 그러한 증거는 그의 일기 곳곳에서 찾아볼 수 있다.

세 번째는 키에르케고르의 생애에 결정적 영향을 미친 소녀 레기네 올센과의 만남을 들 수 있다. 두 사람의 만남

은 키에르케고르가 다른 소녀를 만나러 갔다가 이루어진, 참으로 우연한 사건이었다. 당시 키에르케고르의 나이가 24세였고, 올센은 불과 14세의 어린 소녀였다.

레기네 올센과의 만남은 단번에 키에르케고르를 사랑에 빠지게 만들었는데, 그녀와의 뜨거운 사랑이 그에게는 얼마 동안 〈우울〉로부터 벗어나는 희망의 빛이 되기도 했다. 두 사람의 사랑은 3년 동안 계속되었고, 마침내 약혼까지 하기에 이른다. 그러나 약혼 후 1년만에 키에르케고르가 알 수 없는 이유로 이를 파기함으로써 비극으로 끝난다.

「… 무엇보다 이 편지를 쓰고 있는 사람을 잊지 말아주오. 누구나 할 수 있는 일인데, 한 소녀를 행복하게 할 수 없었던 이 남자를 용서하기 바라오.」

이 모호하기 이를 데 없는 편지에서도 볼 수 있듯이, 키에르케고르는 그녀를 사랑하면서도 그녀의 곁을 떠나는 역설적인 결정을 내렸다.

그녀에 대한 키에르케고르의 관심이 어느 정도였던가를 짐작할 수 있는 단적인 예는, 그의 모든 작품을 그녀에게 바치고, 죽기 전에 모든 유산을 그녀에게 주라는 유서를 남긴 사실만 보아도 쉽게 알 수 있다.

올센이 남의 아내가 된 후에도, 아니 죽을 때까지 그녀를 잊지 못하고 화해를 시도했을 만큼 사랑했음에도 불구하고 그녀와 결혼할 수 없었던 이유는 무엇일까? 그것은 다름 아닌, 삶에 대한 그의 풀 수 없는 〈절망〉과 〈우울〉 때문이 아니었을까.

42년이란 키에르케고르의 짧은 생애에서 마지막 10년 동안 정신적으로 고통을 안겨준 사건은 그의 학창 시절 친구와의 예기치 않은 논쟁에서 비롯된다.

1845년, 그의 대표적 저서 가운데 하나인 《인생도정(人生道程)의 제 단계》가 출판되었을 때, 「게아」라는 잡지에 서평이 게재되었는데, 그 내용은 악의에 찬 비판과 공격으로 일관되어 있었다.

키에르케고르에게 충격을 준 것은, 물론 그 내용의 악의성(惡意性)에 있지만, 그 집필자가 바로 그의 학창 시절 친구였던 메라였다는 사실이 그를 더욱 분노케 했다.

키에르케고르는 「조국」이란 잡지에 이 서평을 반박하는 글을 씀으로써 메라의 응전을 촉구했다. 메라는 즉시 자기가 편집하고 있던 코펜하겐의 유명한 풍자신문 「고르자르

(해적)」지에 키에르케고르를 조롱하는 풍자화와 함께 그를
비꼬는 기사를 썼다. 그리고 이런 투의 기사를 2개월 동안
계속 게재함으로써 한 천재적 작가를 세상의 웃음거리로
만들어 버렸다.

　이같은 대중 매체의 폭력적 횡포의 결과로, 키에르케고
르는 거리를 나다닐 수 없을 정도로 대중의 조롱을 받는 모
욕을 당해야 했다. 그를 더욱 절망케 한 것은 이러한 언론
의 폭력을 뒤에서는 못마땅해 하면서도, 그 누구도 그를 변
호해 주지 않는다는 사실이었다.

　그러나 이 사건은 역설적으로 키에르케고르의 창작에
〈분노의 에너지〉로 작용하게 되는데, 키에르케고르는 그 후
10년 동안 수많은 저작물들을 남기게 된다.

　키에르케고르에게 또 하나의 흥미로운 사실이 있다면,
그가 남긴 대부분의 작품들이 가명(假名)으로 발표되었다
는 사실이다. 콘스탄틴 콘스탄티누스, 요하네스 클리마쿠
스, 안티 클리마쿠스, 비길리우스 하우프니엔시스 등은 모
두 그가 사용한 가명들이다.

　사람들은 키에르케고르를 가리켜, 흔히 〈우수(憂愁)의 철

학자〉라고 부른다. 그 자신도 「사람들의 기억 속에 살아 있는 가장 우울한 인간」이라고 고백할 만큼 그의 삶은 〈우울〉로 가득차 있다.

이 운명적인 우울증은 그 자신을 일생 동안 한없이 괴롭히는 원인이 되기도 했지만, 다른 한편으로는 빛나는 작품을 낳는 원동력이 되기도 했다.

키에르케고르의 뛰어난 미적 감각과 상상력은 그의 철학적 테마인 〈실존〉의 문제를 시적 탄력성과 생명력으로 그려 내는 데 성공했다. 그를 〈주체적 사상가〉라고 부르는 것도, 이처럼 그의 모든 관심과 글들이 바로 그의 삶 그 자체였기 때문이다.

키에르케고르의 글을 기술 양식으로 보면, 철학적이라기보다는 훨씬 문학적이다. 그가 우화 형식을 통해 그의 이야기를 전하려 한 것도 따지고 보면 지극히 자연스런 현상이 아닐까.

키에르케고르의 우화를 어떻게 읽을 것인가

토마스 오든

우화 — 이 말은 서양사상사에서 강한 호기심과 깊은 인상으로 우리에게 전해져 왔다. 역사적으로 보면, 예수의 〈선한 사마리아인의 비유〉, 플라톤의 〈동굴의 우화〉, 루터의 〈시골쥐와 서울쥐〉, 번얀의 〈순례자〉, 니체의 〈가장 추한 남자〉, 카프카의 〈성(城)〉, 지드의 〈테세우스〉, 그리고 존 힉의 〈천국의 여행자들〉 등 수많은 우화 사례가 있다.

그러므로 서양의 철학적 전통은 도덕적·정신적 식견을 전달하는 수단으로서, 끊임없이 우화에 의존하고 있음은 의심할 여지가 없다.

그러나, 그같은 전통의 연장선 상에 있는 그 어떤 작가도 죄렌 키에르케고르만큼 우화 설화 및 이야기체의 은유를 지속적으로 사용하지는 못했다. 이야기를 꾸미는 키에르케고르의 재능이야말로 인류의 가슴 속에 잊을 수 없는 인상을 남겨 놓았다.

이 책을 펴낸 목적은 교훈과 즐거움, 그리고 비평적 감상을 함께 할 수 있는 이야기들을 정선하여 한데 묶어 보려는 데 있다. 이런 작업을 하게 된 까닭은, 전통적으로 서양에서의 우수한 우화 작가의 반열에서 키에르케고르가 최고의 위치에 있다는 근본적인 확신 때문이었다.

  키에르케고르의 정신은, 그의 다른 어떤 분야의 저술보
다 우화에 의해 더욱 더 사람들의 기억 속에 살아 있다.
  뛰어난 우화들이 대부분 그러하듯이, 키에르케고르의 우
화 작품 또한 상당수가 구전되어 온 이야기에서 소재를 얻
고 있다. 그러므로 만일 당신이 지금까지 불완전하게 변형
되거나 혹은 부분적으로 수정된 채 들었던 우화들을 이 책
에서 발견한다고 해도 별로 놀랄 일은 아니다. 오히려 독자
들은 이 책에서 그 원형을 추적할 수 있을 것이다.

  이 책에 실린 우화들이 서양 우화의 정통적 전통을 따르
고 있다는 사실은 널리 알려진 사실이다.
  그러나 키에르케고르가, 스스로 문학비평가가 되어 익명
으로 그의 우화나 이야기를 설명하는 데 필요한 이론을 (간
접전달의 방식으로) 제시했고, 그의 철학적 방법론의 핵심
으로서 이 우화적 전달방식을 선명하게 제시하는, 몇 되지
않는 작가 가운데 한 사람이라는 것은 잘 알려져 있지 않
다.
  키에르케고르의 저작은 너무나 방대하고, 그 방법론 또
한 너무도 복잡하여, 일반 독자들은 쉽사리 그의 작품에 친

숙해지지 않는다. 그 대신, 누구라도 읽을 수 있을 뿐더러, 두려움을 주지 않고 작가로서의 그의 작품의 중심적인 힘을 일목요연하게 드러내주는 요체가 바로 이 책에 있다.

키에르케고르의 우화를 읽으면서, 어느 점을 유념해야 하는가? 추상적인 답변 대신, 구체적인 예를 들어 보자.

「나로 하여금 어쩔 수 없이 장광설(長廣舌)을 듣게끔 상황을 만드는 사나이 하나가 있었다. 그때마다 그 사나이는 꽤 철학적인 내용으로 이야기를 매우 지루하게 늘어놓아, 나는 짜증을 내곤 했다.

어느 날, 여느 때와 마찬가지로 그는 나를 찾아와 장광설을 늘어놓았다. 나는 거의 자포자기 상태로 그의 이야기를 듣는 둥 마는 둥 하다가, 문득 그가 무척이나 많이 땀을 흘리고 있음을 발견했다. 그리고 그 땀방울이 그의 이마로 모여서 줄기를 이루고는 코로 미끄러져 내려와, 방울 모양으로 생긴 코 끝에 대롱대롱 매달려 있는 것을 보았다.

이것을 발견한 순간부터 모든 것이 변했다. 나는 그의 이야기를 즐겨 들었고, 때로는 그가 아무 말을 하지 않을 때 그로 하여금 자신의 철학적 설교를 시작하도록 부추겼다. 이것은 순전히 그의 이마와 코 끝에 매달려 있는 땀방울을 보기 위해서였다.」

우리는 왜 키에르케고르의 우화를 읽으면서 철학적 관심

을 갖게 될까? 그것은 그의 우화들이, 마치 풀지 않으면 안 될 〈퍼즐〉처럼 풀어 보고픈 매력을 갖고 있기 때문이 아닐까? 그리고 그 우화가 보편적인 인간 경험의 깊이 있는 곳까지 우리들을 이끌고 가기 때문은 아닐까?

이야기를 하는 것은, 그의 개인 일기든, 교훈을 주는 담화문이든, 그리고 심리학적 실험, 아니면 가장 면밀하게 추론된 철학적 논법 속이든지 간에, 키에르케고르의 첫 번째 임무였다.

「예수는 진실로 비유가 아니면 아무것도 말씀하시지 않았다」는 말은 키에르케고르에게도 그대로 적용될 수 있다.

키에르케고르는 〈비유적 사고(比喩的 思考)〉의 소유자였다. 그는 연극과 같은 표현으로 의미를 전달했고, 시각적으로 생각했다. 사람들은 그가 비유 외에 다른 어떤 방법으로 의미를 전달한다는 것은 불가능할 것이라는 느낌을 갖고 있다.

왜냐 하면, 키에르케고르의 저작물 중에서, 독자를 옆으로 데려와 「내가 의미하고자 하는 그림을 하나 보여 주겠소」라고 말하는 식으로 표현되는 경우가 대부분이기 때문이다. 이때, 그는 곧잘 비유의 고전적 정의라고 할 수 있는, 도덕

적·정신적으로 계몽하는 내용을 밑바닥에 깔아 놓은 채 간결한 성격 묘사와 갑작스런 전환의 형태로 만들어진 그림을 정확하게 제시하곤 한다.

작가로서의 키에르케고르가 비유를 사용하는 목적은 대체로 다섯 가지이다. 첫 번째는, 키에르케고르가 1842년에 일찍이 직접 언급한 바 있듯이, 이 방법이야말로 그의 〈철학적 논쟁의 창고〉 속에 우수한 무기를 제공해 준다는 것이다. 이로써 그의 철학적 개념은, 그가 대항하여 빈박하고 있는 딱딱하고 비경험적인 헤겔 철학과 날카로운 대조를 이루게 된다.

소크라테스와 마차가지로, 키에르케고르의 철학적 탐구도 〈투쟁〉으로 가득차 있다. 그리하여 그가, 소크라테스처럼 자주 무해(無害)한 것 같은 이야기를 가지고 그의 적들을 무기력하게 만드는 방법을 선택하는 것도 놀라운 일은 아니다.

A. T. 카덕스는 이렇게 쓰고 있다.

「가장 특징적인 사용의 경우 그 비유는, 감미로운 시(詩)처럼 조용한 가운데 집중되어 만들어지는 것이 아니라, 예

기치 않은 상황에 부닥치게 되는 충돌 속에서 즉흥적으로
만들어지는 논쟁의 무기이다. 그리고 이런 불리한 점에도
불구하고, 그것은 다른 시작(詩作)에서 요구되는 직유와 은
유의 수준을 넘어서고 있다. 그는 (우화에 관한 한) 연상의
천재적 소질을 보여주는, 섬세하고 복합적인 재능을 가지
고 있다.」

　이처럼 키에르케고르가 철학적 논쟁의 무기로서 우화의
도움을 효과적으로 얻는 것은, 바로 그러한 소질의 천재성
때문일 것이다.

　키에르케고르가 그토록 자주 〈이야기하기식(Storty-tell-
ing)〉 방법에 의존하는 두 번째 이유는, 그가 이런 방식으
로 독자와 만나는 것을 즐기기 때문이다.

　키에르케고르는 독자들을 외길로 이끌어 가다가 예기치
않은 교차점에 이르러 갑자기 그들로 하여금 결정을 내리
도록 맡겨 놓는 데서 기쁨을 느끼고 있는 것 같다.

　모든 훌륭한 우화에는 유희적(遊戲的) 요소가 있다. 그러
나 유희에 관한 키에르케고르의 견해는 다소 거칠게 접촉
하는 운동 경기와 유사한 것 같다. 그는 1843년에 다음과 같

이 쓴 적이 있다.

「문학이란 불구자들을 위한 요양원이어서는 안된다. 문학은 건강하고 행복하고 명랑하게 잘 자란, 생기발랄한 아이들의 운동장이어야 한다. 어린이들 각자가 그들 부모의 활력이 넘치는 바로 그 모습이어야 하며, 나약한 충동의 불구가 아니라 유복자가 되어도 아무렇지 않을 그런 어린이이어야 한다.」

이 방법론은, 담론 형식이나 직접적이고 객관적인 정보로는 쉽게 이루어 내기 어려운 키에르케고르의 심리학·철학에 어떤 역할을 했을까?

우선 이같은 방식은 독자들을 무장해제시켜 무방비 상태로 만든다. 그래서 독자로 하여금, 작가가 독자와의 사적 대화 속으로 보다 깊숙히 들어가는 것을 허락하는 마음의 상태를 받아들이게 한다.

키에르케고르는 우화적 전달 방식의 분명한 이점을 발견했었다. 우화적 전달방식은 체계적인 전제 조건에 대한 어떤 동의나 지성의 희생을 요구하지 않으며, 또한 과정상의 어떤 논리적 법칙에 대한 부담도 요구하지 않는다. 오히려 대화 형식으로 부드럽게 시작되는, 누구나 경험한 생각에

서 구체적으로 독자들에게 자신이 인식한 것과 비교해 보
도록 하는 것이다.

독자들은, 우화가 이끌어 가고, 또 요구하고 있는 〈자기
검토〉 속으로 깊숙히 빠져들어 가게 될 때까지 환상적으로
꾸며진 상황 속에서 종종 무엇이 나타났는지를 깨닫지 못
할 때도 있다.

키에르케고르의 작품이 아무리 기지에 찬 내용이라 할지
라도 그의 우화적 목적은 단순히 즐거움을 주기 위한 것은
아니다. 독자들에게 교훈을 주고, 그들 자신을 일으켜 세워
〈자기 각성〉으로 이끌고, 진정한 인간 실존의 임무와 재능
에 도덕적·정신적 의식을 민감하게 하는 데 있다.

이같은 것은, 왜 우화적 전달이 키에르케고르의 저술에
서 그토록 중심적인 위치를 차지하고 있는 지에 대한 세 번
째의 실질적인 이유이다. 이 이야기식 체제는, 그의 뚜렷한
이론과 간접전달 방식에 필수적인 도구를 제공해 준다.

만약 「진리란 오직 되어 가는 과정, 사유(私有)의 과정에
서만 존재한다」는 전제가 진리라면, 진리의 전달은 자료나
정보의 객관적 제시와는 분명히 구분되어야 한다.

키에르케고르의 우화들은 마음의 변화뿐 아니라 의지의
변화까지도 겨냥하고 있다. 키에르케고르는 그의 독자들이
우연한 깨달음이나 재미를 경험하게 되리라는 기대를 한
뒤, 그의 우화를 들려 주는 것이 아니다. 오히려 독자들이
「아하! 그것이 어떤 것이며, 내가 나 자신에 대해서 생각
하고 선택하던 방식과 어떤 차이가 있는 지를 알겠다」라고
생각하게 될 것을 기대하고 있다.

만일 우화가 최대로 기능하려면, 구경꾼도 참여자가 되
어야 하는데, 이는 구경꾼이 필연적으로 그러하기를 원하
거나 논지를 파악하기 위해서가 아니라, 그들이 그 순간에
제어할 수 없게 되거나, 아니면 해석되어졌기 때문에 그렇
게 되는 것이다.

우화가 키에르케고르의 의도에 공헌하는 네 번째 이유는,
세 번째 이유와 같은 연장선 상에 있다. 키에르케고르는
「모든 지식의 전달은 직접 전달이고, 모든 가능성의 전달은
간접 전달이다」라고 했다. 그런데 키에르케고르가 우화는
「지식을 전달한다기보다 오히려 가능성을 전달하려고 씌어
졌다」고 말할 때, 그것은 어떤 의미일까? 어떤 종류의 가능

성을 전달해 준다는 말인가?

(여기서 다섯 번째 이유와 만나게 된다.)

키에르케고르가 바라는 것은, 그의 우화를 통해 개인을 유도하고 부추겨서, 심지어 어떤 때는 꼬여내서 더욱 심오하게 확대된 〈자기인식〉 속으로 인도하고, 또한 가능성과 필연성, 유한성과 무한성, 육체와 영혼 사이의 풀릴 길 없는 긴장을 통해 보다 근본적인 〈자기확신〉으로 이끌려는 것이다.

키에르케고르의 우화들은, 고양된 도덕적 감수성과 강화된 영성(靈性)에 이르게 하는, 보다 강화된 자아성찰의 능력을 (독자들에게) 전해주려 하고 있다. 그의 우화들은 독자들에게 잠재적인 재능을 제공해 주며, 그 재능을 받아들이기 위해서는 독자들의 참여가 필요하다.

우화는 누구든 사용하라고 건네 주는, 쉽사리 알 수 있는 물건이 아니다. 우선 열어 보고, 그 다음에 그것을 갖고서 무엇을 해야할 지 마음 속으로 그려보아야 하는 그런 선물인 것이다.

결혼하라, 그러면 그대는 후회할 것이다.
결혼하지 말라, 그래도 그대는 후회할 것이다.
결혼을 하든 않든, 그대는 후회할 것이다.
여자를 믿으라, 그대는 후회할 것이다.
여자를 믿지 말라, 그래도 후회할 것이다.
여자를 믿든 믿지 않든, 그대는 후회할 것이다.
연애해 보라, 그대는 후회할 것이다.
연애하지 말라, 그래도 후회할 것이다.
연애를 하든 하지 않든, 그대는 후회할 것이다.

작품별 이해돕기

188

36 보석상 주인
  세상이 만들어 놓은 현상적 가치는 그 껍질을 벗겨 놓고 보면 전혀 다른 판단이 가능하다.

37 손해 보지 않는다는 장사
  인간은 무엇이든 〈많은 것〉을 좋아한다. 그러나 〈많다는 것〉은 우리를 미혹(迷惑)하게 하여 사실을 보는 〈눈〉을 멀게 한다.

39 어리석은 품팔이꾼
  〈과례는 비례(課禮非禮)〉란 말이 있다. 사람들은 이해할 수 없을 만큼 지나친 호의는 믿으려 하지 않는다.

42 담뱃재에 흥분하는 학자
  전제가 잘못된 일은, 그 전제의 오류가 드러나면 전체가 무너진다.

44 위대한 프롬프터
  진리는 그 내용보다 그것을 전달하는 사람이나 전달하는 형식에 의해 크게 달라진다.

47 연극 배우의 분장
  인생은 연극과 같다. 사람들은 사회라고 하는 연극 무대에서 맡은 역할에 빠져, 자기 본래의 모습을 잃어버릴 때가 있다.

50 인기없는 별식
  말로 고상한 신념을 고백한다고 해서 그 사람이 그러한 신념을 가진 것은 아니다.

52 오두막에 사는 사상가
  사상가는 너무나 큰 사상의 집을 지으려 한다. 그래서 그 집은 대부분 현실에서는 자기 자신에게 쓸모가 없다.

67 자격증과 경험

안다는 것이 객관적인 지식의 단계에 있을 때는 아직 완전한 것
이 아니다. 그 지식이 삶 안에 주체적으로 용해되었을 때에 비로
소 완전하다.

68 읽을 수 없는 편지

부분에의 집착은 전체를 보지 못하게 만든다.

69 값이 비싼 책

마땅히 지불해야 할 대가라면, 그것이 다소 지나치더라도 지불
하여야 한다.

70 조물주의 권태

권태는 인간의 멍에이다. 인간은 이 권태를 벗어나기 위해 온갖
일을 만들어 낸다.

72 습관이란 이름의 흡혈귀

습관은 우리를 모르는 사이에 마취시킨다. 그래서 나쁜 습관은
인생에 치명적이다.

73 시위 떠난 화살

선택에는 때가 있다. 때를 놓친 선택은 시위를 떠난 화살과 같이
스스로 어쩔 수 없다.

74 신속한 체포

절대자 앞에서는 아무 것도 감출 수 없다. 여기서부터 양심은 시
작된다.

76 언제나 외로운 말

인간은 타인의 고통을 이해할 것 같으나 자기 자신의 고통은 이
해받기 어렵다.

79 새 구두 신은 농부
　　과거의 상황에서 벗어나지 못하는 사람은 현재를 보지 못한다.

80 열여섯 살 처녀와 스물다섯 살 남자
　　최상의 행복은 순결한 자기만족에 있다.

83 희귀한 새 잡기
　　우리는 지엽적인 일에 몰두하다가 전체를 잃는 경우가 많다.

84 순례자의 고민
　　인간은 목적을 달성하지 못했을 동안에는 어떤 고통도 참을 수
　　있다. 그러나 그가 이루어 놓은 목적이 근본적으로 잘못되었을
　　때에는 절망한다.

85 지하실에 사는 사람
　　인간은 정신적 비상을 추구하기보다 육체적 감각을 더욱 탐닉
　　한다.

86 어린 소녀의 실연
　　절망이란 어떤 대상 때문에 오는 것이 아니다. 절망은 바로 자기
　　자신에 대해 절망하는 것이다.

88 단 하나의 선택
　　모든 소망 중에 가장 소중한 것은 〈웃음〉이다.

89 난장이의 요술구두
　　행복은 잠시동안 우리 곁에 머무를 뿐이다.

90 끝없는 시가행진
　　반성이란 자기가 있던 자리로 끊임없이 돌아오는 과정이다.

91 작은 단추
　　겉으로 나타나는 모든 행동이 곧 어떤 원칙에 의해 이루어지는
　　것은 아니다.

95 **바쁜 철학자**

철학자는 그 고귀한 사상에 비해 현실에서는 언제나 무용(無用)하다. 그러나 그의 사상 자체가 무용한 것은 아니다.

96 **살얼음 위의 보석**

세상이 만들어 놓은 환상적 가치는 그 껍질을 벗겨놓고 보면 전혀 다른 판단이 가능하다.

98 **비평자료의 한계**

지나친 비평적 기교는 텍스트 자체의 의미를 변질시킨다. 과잉 비평은 진실을 훼손한다.

100 **창녀가 될 권리**

비난받을 일을 요구하고, 또 이를 알면서 허락하는 것은 희극이다.

101 **얼어붙은 판토마임**

부서지는 순간은 순간적인 영원과 같다. 그래서 우리에게 순간은 영원만큼 소중하다.

103 **어리석은 현자**

잘못된 전제에서 시작된 일은, 그 전제가 무너질 때 모든 것이 무너진다.

104 **인기 관리**

대중의 존경을 받으려면 그들이 바라는 바를 쉽게 주지 않아야 한다. 대중은 자신을 멀리 하면 멀리 할수록 존경하는 경향이 있다.

107 **행복한 화재**

현대의 병은 〈심각함〉을 상실한 그 희극적 경박성에 있다.

120 경찰관의 자기만족

고통을 많이 받으면 받을수록 희극적 감수성은 풍부해진다.

121 이별의 타이밍

모든 일에는 끝내야 할 때가 있다. 사람 사이에서 일어나는 많은 문제들은 끝내야 할 때에 끝내지 않는 데서 비롯된다.

123 무례한 개

대중은 시간을 보내기 위해 온갖 관능적 게임을 즐긴다.

127 연인의 편지

성서는 해석하는 것이 아니라 읽을 때에만 올바른 이해가 가능하다.

135 충성심 표현

권위에 복종할 것인가, 당위를 따를 것인가 하는 것은 인간 사회의 오랜 갈등이다.

136 침묵의 간청

인간은 언제나 자기의 필요에 따라 신에게 간구한다. 그래서 악마조차 긴급할 때에는 신을 찾는다.

137 알맹이와 껍데기

껍데기는 아름답다. 그것은 탐욕을 비운 희생이기 때문이다.

138 성직자 지망생의 실수

목사들은 설교할 때, 언제나 「먼저 그 나라와 의(義)를 구하라」고 말한다. 그러나 그 자신은 먼저 빵을 구한다.

144 지도자의 이중성

성직자들은 일반 신자들에게 절제와 희생을 요구한다. 그러나 자기 자신은 오히려 탐욕과 즐거움을 추구한다.